中國古典詩詞精品賞讀

陶淵明

陳橋生 編著

五洲傳播出版社

图书在版编目（CIP）数据

中国古典诗词精品赏读丛书：繁体版. 陶渊明 / 陈桥生著. -- 北京：五洲传播出版社, 2024.1

ISBN 978-7-5085-4990-3

Ⅰ. ①中… Ⅱ. ①陈… Ⅲ. ①陶渊明（365-427）－古典诗歌－诗歌欣赏 Ⅳ. ①I207.2

中国版本图书馆CIP数据核字(2022)第241298号

中国古典诗词精品赏读丛书

陶淵明

出 版 人：关 宏
编　　著：陈桥生
责任编辑：王 峰
图片编审：迟乃义
装帧设计：田 林
出版发行：五洲传播出版社
地　　址：北京市海淀区北三环中路 31 号生产力大楼 B 座 6 层
邮　　编：100088
发行电话：010-82005927　010-82007837
网　　址：http://www.cicc.org.cn　http://www.thatsbooks.com
印　　刷：北京市房山腾龙印刷厂
版　　次：2024 年 1 月第 1 版第 1 次印刷
开　　本：710 × 1000 mm　1/16
印　　张：7.75
字　　数：53 千字
定　　价：68.00 元

編者的話

中國在歷史上是一個“詩歌的國度”，古典詩詞是中國傳統文化的奇葩。早在三千年前，我們的祖先就創作出了以“詩三百”爲代表的優秀詩篇。此后每個歷史年代，詩歌創作都結出豐碩的成果，其中不少名篇名句，膾炙人口，傳誦至今。這套“中國古典詩詞精品賞讀”書系，選取了歷史上最具代表性的詩人、詞人的優秀作品，並加以詳盡通俗的譯注、評解，試圖由此將古代中國人創造的最可珍貴的文化瑰寶介紹給當代海内外讀者。

以“國風”爲代表的《詩經》和以《離騷》爲代表的楚辭，無論是在思想内容上還是在藝術手法上，都對中國後世詩壇産生了深遠影響。中國詩歌至唐代而達到高峰，呈現出後人所稱譽的“盛唐氣象”和“少年精神”，而從李白、杜甫等詩人身上，從他們留下的詩歌中，不難看出“風”“騷”以來優秀傳統的回響。他們都有强烈的現實關懷，關注國家、社會、民衆等問題；而這種主題，往往是詩人通過自己的人生境遇和心靈歷程去感悟，通過描繪自然界山川萬物、人間世事民情來體現的。在唐詩的輝煌之後發展起來的宋代詩歌，成就也相當高，但最能表現此年代文學特殊成就的是詞。宋代優秀的詞家把這種長短句詩體運用到出神入化的地步，那或慷慨激昂、或委婉凄清的詞作，今天讀來仍有强烈的藝術感染力。可以説，唐詩宋詞是中國文學史上最有神采的篇章。

中國古代詩歌注重抒情、寫景，善於表現友情、親情、愛情、鄉情，以及其他複雜細微的個人情感。這形成中國詩歌又一個强大的傳統。在儒家思想影響下，中國詩歌幾乎從一開始就具有“發乎情，止乎禮義”的特點，情感的表達比較克制、内斂、含蓄，有别於西方的詩歌風格。與此同時，中國詩人們又强調“含不盡之意見於言外”，善於通過各種藝術手法傳達言外之意，給讀者以無窮的回味、想象空間。古代詩詞中的優秀之作往往寫得深情宛轉，富於形象性和音樂性，誦讀這些詩詞，可以受到多層次的藝術感染和美的熏陶。古典詩詞還善於表現自然之美及人與自然的融合。古人常説“詩中有畫，畫中有詩”，本書系中的每首作品，都配以當代畫家根據詩詞意境繪製的中國畫，通過欣賞這些詩、畫，可以更深刻地領悟到中國古代藝術作品中的詩情畫意，品味其藝術之美。

除了“詩情畫意”的特色外，本書系以各位詩人、詞人單獨成册，以更清楚地展示其不同的個性和藝術風格；各分册包括詩人小傳與作品賞析兩部分。對每篇作品的賞析，又分爲題解、句解、評解三個章節：題解交代創作背景；句解用現代語文對詩詞進行逐句意譯，對某些難懂的字詞作注釋；評解部分則提要鈎玄，對作品特色進行點評。我們的本意，首先是幫助讀者減少閲讀中的文字障礙，繼而是理解詩詞的思想内容、藝術特色和寫作技巧。

中國古代經典詩篇把漢語升華到至美至純的境界，足以使每個中國人感到自豪。這些作品是聯接所有炎黄子孫思想、情感的文化紐帶，無論身在國内，還是身在海外，優秀的詩歌對讀者的感召力都是相通的。一個喜愛祖國傳統文化的人，可能會不斷地接觸和學習祖先的這些遺産。久而久之，這些優秀文化中的一部分會積澱下來，構成每個人頭腦中一道美麗的藝術長廊，不斷給人以教益、激勵和藝術享受。我們期望，本書系所介紹的詩詞名篇能够成爲這道藝術長廊的組成部分。

本書系所介紹的詩人、詞人，都各有很多傳世名篇，限於篇幅，書中每人衹選取了二三十首代表作品。限於編輯水平，書中會有種種不盡如人意之處，敬請讀者朋友提出寶貴意見。

目　录

陶淵明簡介

有的作家主要是以作品吸引讀者，其爲人和事跡一般讀者並不特別關注；而有的作家，除了作品之外，他的爲人和事跡同樣爲讀者津津樂道。陶淵明就屬於後一類。我們熟悉他的許多故事，如蓄無弦琴的故事、不爲五斗米折腰的故事、白衣人重陽節送酒的故事、拒絕檀道濟餽贈的故事，等等。這些故事和他的作品結合在一起，便共同描述出一個活生生的人，正是這個人連同他的作品深深地感染了我們，也使得他自身成爲一個恒久的話題。

陶淵明（365—427），字元亮，一說名潛、字淵明，潯陽柴桑（今江西九江西南）人。他生活在晉宋易代之際十分複雜的政治環境之中。他的曾祖父陶侃曾做過晉朝的大司馬；祖父做過太守；父親大概官職更低一些，而且在陶淵明幼年時就去世了。母親是晉代名士孟嘉的女兒。陶淵明的生平、思想、性格，從他所寫的《五柳先生傳》裏可以大概知道。

陶淵明在柴桑的農村裏度過了少年時代，那裏離廬山不遠，附近的栗里也是他常游的地方。唐朝大詩人白居易曾經到那裏訪尋陶淵明的舊宅，說："今游廬山，經柴桑，過栗里，思其人，訪其宅。"（《訪陶公舊宅詩序》）又讚歎那一帶的風景說："常愛陶彭澤，文思何高玄……今朝登此樓，有以知其然。大江寒見底，匡山青倚天。深夜溢浦月，平旦爐峰烟。清輝與靈氣，日夕供文篇。"（《題潯陽樓》），他認爲陶淵明生長在那樣優美的環境裏，所以文思那麼高超玄妙。

陶淵明少年時家境已經衰落，"弱年逢家乏"（《有會而作》），"弱冠逢世阻，始室喪其偏”（《怨詩楚調示龐主簿鄧治中》），但究竟是做官人家，家裏還有“方宅十餘畝，草屋八九間。榆柳蔭後簷，桃李羅堂前”（《歸園田居》）。所以他小時候可以讀書，可以有空暇去領略那裏的山川風物。陶淵明後來離開家鄉外出做官，看到當時官場的惡濁，就想到故鄉山水的優美，“靜念園林好，人間良可辭”（《庚子歲五月中從都還阻風於規林》），對故鄉產生深切的懷念。

陶淵明二十九歲時，因親老家貧，曾出任江州祭酒之職，那時他父親早死了，他已經結婚，有了孩子，家纍重了，去做官祇是爲了救窮，並不是爲了想實現自己的理想，不久就辭官回家。他三十歲那年死了妻子，可能就是在妻子死時辭官的。隔了一些時候，州裏又召他去做主簿，他拒絕了，寧可在家裏種田以自給。

當時的東晉政權，此前因謝安秉政，維持了十幾年相對穩定的局面，此時，司馬道子與王國寶專權，與王恭、殷仲堪一黨互相牽制，政治日趨腐敗。陶淵明三十三歲這一年，晉孝武帝被殺，新立的安帝是個白癡，從此東晉社會陷入了悍將和士族互相攻伐的混亂之中。先是王恭、殷仲堪和司馬道子、王國寶在混戰中兩敗俱傷，接著是孫恩造反，司馬元顯專權。桓玄誅元顯後，於元興二年（403）十二月篡位，改國號曰楚，並將安帝遷到潯陽。次年劉裕起兵討伐桓玄，入建康，任鎮軍將軍，掌握了國家大權，興復晉室。此時陶淵明又出任劉裕的參軍，在赴任途中寫了《始作鎮軍參軍經曲阿作》。他的心情很矛盾，一方面覺得時機到來了，希望有所作爲，“時來苟冥會，婉孌憩通衢”，另一方面又眷戀著田園生活，“聊且憑化遷，終返班生廬”。

這時，劉裕正集中力量討伐桓玄及其殘部，陶淵明在劉裕幕中難有所作爲。到了第二年即安帝義熙元年（405），他便改任建威將軍江州刺史劉敬宣的參軍，這年八月又請求改任離家更近的彭澤縣縣令。上任僅八十餘日，一天，郡裏派督郵來縣視察，官吏都要前往迎接，陶淵明稱：“吾不能爲五斗米折腰，拳拳事鄉里小人邪！”當天即解綬去職。這個時期所作的《歸去來兮辭》說出了他辭官更深刻的原因：“歸去來兮，請息交以絕游，世與我而相違，復駕言兮焉求！”他徹底覺悟到世俗與自己崇尚自然的本性是相違背的，他不能改變本性以適應世俗，再加上對政局的失望，於是堅決地辭官隱居了。

辭彭澤令，是陶淵明一生前後兩期的分界線。此前，他不斷在官僚與隱士這兩種社會角色中作選擇。隱居時想出仕，出仕時又要歸隱，心情很矛盾。辭彭澤令後，他堅定了隱居的决心，一直在家鄉過著躬耕隱居的生活。其後二十多年間，他又經歷劉宋代晉的政治大變動，劉裕有詔徵他爲著作郎，他稱病不赴。後來人們也稱他爲陶徵士，表示他是受到朝廷徵聘的人。儘管因生活艱難，"遂抱羸疾"，但陶淵明始終不肯改變固窮守節的志向。

義熙十四年（418），江州刺史王弘仰慕陶淵明的名望，想跟他結交，親自前來訪問，陶淵明推説有病，不肯相見。後來他對人説："我的性情跟世俗不合，又因害病呆在家裏，並不要賣弄什麽高潔的志趣來追求聲名，哪里敢讓王公的車子繞到這兒來以顯示我的榮耀呀！"王弘打聽到他要到廬山去，就派朋友龐通之等帶了酒，在半路上等他。陶淵明並不推辭，就跟朋友們一起在亭子裏喝酒，由于高興，都不想往前走了。這時，王弘纔出來跟他相見，一起高興地喝酒。陶淵明沒穿鞋子，王弘要手下人替他做一雙；沒有脚的尺寸，陶淵明就把脚蹺起來讓人量。王弘請他進城，問他坐什麽，他説脚有毛病，坐竹轎。于是，王弘就叫一個門生和兩個兒子用竹轎擡著他進城。到刺史衙門裏，陶淵明談笑自如，絲毫沒有羨慕富貴的樣子。後來，王弘要見他，往往到樹林邊、湖邊守候。有時候知道他沒有酒喝，家裏沒有米，就叫人拿酒和米去送給他。

陶淵明剛歸耕時，生活還過得去。但時間長了，又連遭火災、天災，就不免經常挨餓。他晚年的心情是憤慨的，也是寂寞的。宋文帝元嘉三年（426），檀道濟做江州刺史，慕他的名望前來拜訪。那時陶淵明已餓得又瘦又病，卧倒起不來。檀説："賢人出處，天下無道就隱居，有道就出來。你生在當今盛世，爲什麽要如此爲難自己呢？"陶淵明答："我怎麽敢比賢人，我的志趣够不上呀！"檀道濟送給他糧食和肉，他揮手叫檀道濟拿走，不肯接受。也許由於衰弱多病，心情惡劣，他不願意再和這位新任江州刺史的貴人打交道了，更不再有什麽怕得罪貴人的顧慮了。

宋文帝元嘉四年（427），陶淵明在寂寞中去世，享年六十三歲。去世前，他寫了那篇有名的《自祭文》，文章最後説："人生實難，死如之何？嗚呼哀哉！"這成爲他的絕筆。死後，他的朋友顔延之等認爲他"寬樂令終（壽終）""好廉克己"，私謚他爲"靖節徵士"。顔延之還寫了一篇《靖節徵士誄》哀悼他，這篇誄文是研究陶淵明的重要資料。

前人稱陶淵明爲“隱逸詩人之宗”。他的隱逸並不祇是一種避世行爲，與他同時和前代的隱士都大不相同，而具有深刻批判社會現實的積極意義。當他决計歸隱的時候，東晉其實並無真正的隱士，士大夫普遍放達虛誕、騖求名利。桓玄篡位時，找人冒充隱士，“以前世皆有隱士，恥於己時獨無，求得西朝隱士安定皇甫謐六世孫希之，給其資用，使隱居山林；徵爲著作郎，使希之固辭不就，然後下詔旌禮，號曰高士，時人謂之‘充隱’”（《資治通鑒》卷一一三）。當時號爲“潯陽三隱”之一的周續之，也被刺史請出講《禮》校經，受到陶淵明的嘲笑。在這樣的時代風氣中，陶淵明始終堅持不與統治者同流合污的態度，極其難能可貴。

出處仕隱是古代中國士人首先面對的人生抉擇，這一抉擇直接關係到士人如何實現人生的價值，如何安身立命，如何處理個人與他人、個人與社會、個人與自然的複雜關係。多數士人會選擇出仕，祇有極少數選擇歸隱。就整體而言，仕是士人生命的主旋律，隱是士人生命的變奏；仕是士人生命的基調，隱是士人生命的變調。再則，從熱衷於仕宦的士人來看，他們的心靈深處未嘗沒有拂袖絕塵的心理潛流；而那些身在林泉的士人，他們的心靈深處未嘗沒有建功立業的豪情壯志。仕與隱像八卦中的陰陽魚一樣構成了中國古代士人、詩人心理的兩大情結，這盤踞在士人心靈深處的兩大情結之間保持著一種動態的平衡，時而相安無事，時而激烈交鋒。陶淵明的一生，就是仕宦情結與田園情結反複交替與激烈碰撞，在“貧富常交戰”中最終固守窮節的一生。

陶淵明的歸隱,不僅僅是避世獨善、潔身自好，更是有意識地尋求人生的真諦，以自己的行動爲這個黑暗污濁的世界留下一線光明和正義。從少年時代起，他便深受儒家思想的熏陶，形成了大濟蒼生、匡時濟世的壯志。陶詩中引用儒家經典很多，僅引用《論語》就達三十七處。同時，他也接受老莊、玄學、佛學等思想的影響，比如他詩文中有七十篇用了老莊的典故，達七十七處之多。但他並不沉溺於老莊和玄談，他其實是一個很實際的、脚踏實地的人，做縣吏有勸農之舉，做隱士又堅持力耕，與虛談廢務、浮文妨要的玄學家不同。他住在廬山脚下，距離名僧慧遠的東林寺很近，他的朋友劉遺民與慧遠關係密切，陶詩中偶爾也可見到有佛教色彩的詞語，但他並非佛教徒，並且與慧遠保持著距離。佛教是對人生的一種參悟，陶淵明參悟人生而與佛教暗合的情形是有的，但他是從現實的人生中尋找意義和樂趣，不相信來世，這與佛教迥異。在不懼怕死亡這一點上，他和一些高僧近似，但其思想底蘊仍有很大差異。他是抱著“縱浪大化中，不喜亦不懼”的態度對待死亡，與佛教之嚮往極樂世界大相徑庭。他所思考的都是有關宇宙、歷史、人生的重大問題，如什麼纔是真實的？歷史上的賢良爲什麼往往沒有好結果？人生的價值何在？怎樣的生活纔算完美？如何對待死亡？等等。他的思想既融會了儒道兩家的思想，又來自親身參加生産勞動的生活實踐，具有獨特的視點、方式和結論，而他思考的結論，又往往付諸實踐身體力行。

初歸田園時，他深感“久在樊籠裏，復得返自然”的快樂，“漉我新熟酒，隻鷄招近局”的生活在他看來是充滿詩意的。“晨興理荒穢，帶月荷鋤歸”的辛勤耕作使他與農民融洽相處、親密無間，並産生共同的思想感情：“時復墟曲中，披草自來往。相見無雜言，但道桑麻長。桑麻日已長，我土日已廣。常恐霜霰至，零落同草莽。”（《歸園田居》）同時，他也漸漸體會到田家的苦處：“山中饒霜露，風氣亦先寒。田家豈不苦，弗穫辭此難。四體誠乃疲，庶無異患干。”（《庚戌歲九月中於西田穫早稻》）從田家樂到田家苦，是陶淵明思想的一大飛躍。也正是在這一認識基礎上，他悟出了民生以勤爲先，以衣食爲端，方能返樸歸真的根本道理。這種主張力耕的自然有爲論，既包括了對儒家孔門不親耕稼的否定，也包括了對老莊無所作爲的否定，這是陶淵明在長期的生産勞動實踐中摸索出來的人生真諦。

陶淵明通過勞動認識到“民生在勤，勤則不匱”的道理，但事實上他雖然多年親力耕作，卻總是“簞瓢屢罄，絺綌冬陳”（《自祭文》）。勤勞沒能使他常得溫飽，這就促使他進一步思索自己所探尋的人生之道在實際生活中碰壁的原因，並把它和社會人事聯繫起來考慮，從而産生桃花源的理想。這是一個農民通過共耕就可以穫得溫飽的平等社會，雖然衹是一個烏托邦，但它是陶淵明畢生尋求的人生真諦的反映。從先秦以來，很多進步文人都對社會現實作過不同程度的批判和否定，但是能够在躬耕的實踐中，正面提出人生真諦和社會理想的，卻衹有陶淵明一個。

陶淵明也是魏晉風流的代表之一。魏晉風流是魏晉士人所追求的一種人格美，或者說是他們所追求的藝術化的人生，用自己的言行、詩文使自己的人生藝術化。以世俗的眼光看來，陶淵明的一生是很“枯槁”的，但以超俗的眼光看來，他的一生卻充滿藝術氣息。他的《五柳先生傳》《歸去來兮辭》《歸園田居》《時運》等作品，都是其藝術化人生的寫照。他求爲彭澤縣令和辭去彭澤縣令的過程，對江州刺史王弘的態度，撫弄無弦琴的故事，取頭上葛巾漉酒的趣聞，也是其藝術化人生的表現。而酒，則是其人生藝術化的一種重要媒介。蕭統說陶詩“篇篇有酒”，在詩歌中大量地寫酒，確以陶淵明爲第一人。此前阮籍雖然也好飲酒，並且酒在他的生活中佔有重要位置，但酒對其詩歌的影響畢竟還是間接的。陶淵明卻把酒和詩直接連在一起，從此，酒和中國文學發生了更密切的關係。他以《飲酒》爲題一口氣寫了二十首詩，寫盡了飲酒時的心境，或藉飲酒以求得性情的真，表現隱居的得意和對世俗的輕蔑；或藉酒來排遣苦悶，或藉酒醉來放言。

歸隱田園的生活擴大了陶淵明的詩歌題材，使他成爲中國田園詩的開創者。他的作品今存詩一百二十一首，賦、文、贊、述等十二篇。其中描繪田園生活的篇章，是他最富特色的代表作。前此的詩歌創作中，並不是沒有表現農村生活的，《詩經》中的《七月》等篇就是。但那是“國風”民歌，文人作品中則基本沒有。陶淵明的同時代詩人，把山水帶入詩歌中來，但是山川林木對他們來說衹是審美對象、觀賞對象，在短時間的游覽觀賞中，牽動情懷，流連忘返。他們嚮往山林，甚至隱遁山居。但是山林與他們的關係，是被觀賞者與觀賞者的關係。他們雖身在自然之中，而其實心在自然之外。他們衹是從自然中得到美的享受，得到寧靜心境的滿足。他們與自然並未融爲一體。我們讀金谷宴集的詩，讀蘭亭修禊的詩，了解到他們在山水的美面前，有許多感受、許多思索，但是他們與山川的關係，仍然是主客的關係，并未達到物我合一的境界。其中主要的一個原因，是他們並未生活在其中，他們另有一套自己的生活，山水衹是其生活的一種點綴。

陶淵明就完全不同。他不是優游山林的富足名士，自然對他來說，不衹是審美的對象，也是生活的需要。對於田園來說，他不是欣賞者、旁觀者，他就生活於其中，與之融爲一體。他看自然，已經不衹是山川林木，而是田壟村巷、牛羊鷄犬，是村落田園生活中的自然。他的詩裏，沒有過多言及他對山川的美的感受，但那美的感受卻實實在在地流注在字裏行間。山間的霜露，村落的炊烟，扶疎的林木，以至微雨好風，狗吠鷄鳴，無不與他的心靈相通，與他的生命一體。他不必特意追尋山川的美，因爲山川的美就在他的生活之中。明代鍾惺在評論陶詩《丙辰歲八月中於下潠田舍穫》時說：“陶公山水朋友詩文之樂，即從田園耕鑿中一段憂勤討出，不別作一副曠達之語，所以爲真曠達也。”（《古詩歸》）陶淵明之所以開創了田園詩，使田園生活成爲後來詩文的一個重要題材，原因就在於此。但後代崇尚隱逸的士人，大抵衹是暫時歸隱田園而已，將田園當作暫棲之地，亦仕亦隱，甚而衹是將田園生活當作一種寄託閑情逸趣的理想生活，而很少有人是像陶淵明那樣真正過田園生活的。

在中國文學史上，陶淵明的又一大貢獻，是創造了一種情味、韻味極濃的沖淡之美。這種沖淡之美，就創作而言，既是一種意境的追求，也是一種語言的追求，“一個詩人衹有當他善於把自己的東西放進詩中，衹有當他開始用自己的詩的語言說話的時候，他纔是一個詩人”（伊薩柯夫斯基《談詩的技巧》）。陶詩節奏舒緩而沉穩，給人以藹如之感；陶詩多用內省式的話語，坦誠地記錄詩人內心細微的波瀾，沒有奪人的氣勢，沒有雄辯的力量，也沒有軒昂的氣象，卻如春雨一樣慢慢地滲透到讀者的心中。他的詩不追求强烈的刺激，沒有絢麗的色彩，沒有曲折的結構，純是自然流露，但因其人格清高超逸，生活體驗真切深刻，所以衹須原原本本地寫出來，就有久而彌淳的詩味，有强烈的感染力。這樣一種精神境界，留給讀者無盡的嚮往，而美的感受正在這無盡的嚮往之中。他表現這樣一個意味無窮的沖淡的美的境界，用的是與之相稱的近於口語的質樸言辭，如“種豆南山下”“今日天氣佳”“青松在東園”“秋菊有佳色”“悲風愛靜夜”“春秋多佳日”，都明白如話。然而，平淡之中可見綺麗。平平常常的事物一經詩人點化便頓時具有了生活情趣，其魅力在於性情的自然流露，在於它內在的感情力量。當然，陶詩的語言並不是未經錘煉，衹是他錘煉得不露痕迹，顯得特別平淡自然，正如金人元好問所稱讚：“一語天然萬古新，豪華落盡見真淳。”（《論詩絕句》）“及時當勉勵，歲月不待人”“日月擲人去，有志不獲騁”“藹藹堂前林，中夏貯清陰”，“待”字、“擲”字、“貯”字，都是常見的動詞，看似平淡，但用在這些詩句中，卻又顯得異常有神采，陶詩的這個特點，蘇東坡十分精闢地概括爲“質而實綺，癯而實腴”（《與蘇轍書》）。

陶淵明在創作方面的這些追求，當時並未進行理論上的表述，後來由《詩品》的作者鍾嶸總結爲“自然英旨”說、“直尋”說，上升到了理論的高度。鍾嶸或許並未意識到陶淵明乃是這一審美標準的最早創立者，但事實是，他作爲藝術理想提出的這一標準，陶淵明早已付之創作實踐了。

魏晉詩歌到陶淵明這裏達到了一個新的高峰。東晉建立後一百年間，從建安、正始、太康以來詩歌藝術正常發展的脈絡中斷了，詩壇幾乎完全被玄言詩佔據，詩歌偏離了藝術，變成老莊思想的枯燥註疏。陶淵明的出現，纔使詩歌藝術的脈絡重新接上，并且增添了許多新的充滿生機的因素。陶詩沿襲魏晉詩歌的古樸作風而進入更純熟的境地，像一座里程碑，標誌著古樸的詩歌所能達到的高度。陶淵明又是一位創新的先鋒，成功地將“自然”提升爲一種美的至境，將老莊玄理改造爲日常生活中的哲理，使詩歌與日常生活相結合，並開創了田園詩這種新題材。他的清高耿介、灑脫恬淡、質樸真率、淳厚善良，他對人生所作的哲學思考，連同他的作品一起，爲後世的士大夫築起一個不朽的精神家園。

陶淵明在寂寞中死去，他留下來的詩文，在當時也很少有人賞識。直到死後一百多年，纔有梁代蕭統加以搜集整理，並爲之寫序、作傳，編成《陶淵明集》，影響逐漸擴大。蕭統所編陶集已經佚失，但此後的陶集多在此基礎上重編而成。陶詩的藝術成就從唐代開始受到推崇，但他被確認是中國詩史上的“頭等人物”（魯迅語），以及被認爲是“爲詩之根本準則”（宋代真德秀語），那是從宋朝纔開始的，正如李澤厚在《美的歷程》一書中所說：“終唐之世，陶詩並不顯赫，甚至也未遭李、杜重視。直到蘇軾這裏，纔被擡高到獨一無二的地步。並從此以後，地位便基本鞏固下來了。蘇軾發現了陶詩在極平淡質樸的形象意境中，所表達出來的美，把它看作是人生的真諦，藝術的極峰。千年以來，陶詩就一直以這種蘇化的面目流傳著。”與陶淵明相隔約七個世紀的另一位大文豪蘇東坡，對陶淵明的爲人極爲偏愛，由人而及詩，他認爲陶詩也是自古無人能及。他自己反複吟詠，爛熟於胸，並一一唱和，著有《和陶集》，堪稱千古佳話。

癸卯歲始春懷古田舍（其二）

先师有遗训，忧道不忧贫。
瞻望邈难逮，转欲志长勤。
秉耒歡时务，解颜劝農人。
平疇交遠風，良苗亦懷新。
雖未量歲功，即事多所欣。
耕種有時息，行者無問津。
日入相與歸，壺漿勞近鄰。
長吟掩柴門，聊爲隴畝民。

題解

“癸卯歲”即晉安帝元興二年（403），是年陶淵明正丁母憂居喪在家，躬耕於南畝。“懷古田舍”就是在田舍中懷古。但這種“懷古”跟一般的懷古詩不一樣，也可以說它不是純粹的懷古。詩人由田野的美景和親身耕耘的喜悅，聯想起古代“耦而耕”的隱士荷蓧老人和長沮、桀溺，以及他們與孔子之間偶然發生的故事，對照眼前的生活，他覺得自己對那些古代隱士有了新的理解。這首詩題爲懷古，實則是詩人自抒其志。詩共兩首，這裏選的是第二首。

癸卯歲始春懷古田舍（其二） 詩意圖 馬泉 繪

陶淵明是將他的生活寄託在田園之中的，更深一層說，他是將精神寄託在對遠古的懷想之中，以古代那些志行高潔的隱士、貧士爲楷模，用他們的精神來進行自我鼓勵，這使他能够堅持“固窮守節”的生活，不改變“隱居求志”的初衷。陶淵明的生活，正是田園境界與懷古情調的結合。

【句解】

先師有遺訓，憂道不憂貧

先師指孔子，他曾説過：“君子謀道不謀食。耕也，餒在其中矣；學也，祿在其中矣。君子憂道不憂貧。”（《論語·衛靈公》）按照孔子這句古訓，作爲一名士人（知識分子），應該以追求“道”（真理）爲終極目標。一個士人不應該爲貧窮而擔憂，他真正要擔憂的是難以追求和實踐“道”的要求。

瞻望邈難逮，轉欲志長勤

陶淵明一直有弘揚儒道、救治斯世的理想，認爲儒家禮樂不失爲挽救世運的一種辦法。然而他所追求的人生真理與孔道並不完全一致，他甚至有意識地將自己探索的人生道路與儒家思想加以對照。這兩句從表面看，是説孔子的遺訓可望而不可及，聖人的理想、精神難以企及，然而，細味陶淵明詩意，其實正是以一種自謙而又自負的口吻，對“憂道不憂貧”這種迂闊而不切實際的説法提出含蓄批評。孔子説君子應該謀道而不是謀食，要免於挨餓，不應該去耕田，而應該去求學；學生樊遲請教種糧食、蔬菜的事情，孔子批評他是沒有遠大追求的“小人”“細民”。陶淵明則認爲衣食就在辛勤耕稼之中，所以他説自己要轉而立志於長期從事農耕活動，這不等於宣稱自己要走孔子瞧不起的“小人”樊遲的道路嗎？“邈”，遠。“逮”，達到。

秉耒歡時務，解顔勸農人

詩人懷著歡悦的心情拿起農具親自從事農耕，帶著和藹親切的笑臉勸勉鄰居，讓大家都喜愛這農耕生活，別把耕種看成一種辛苦可厭的工作。“秉”，持。“耒”，犁柄，泛指農具。“時務”，按節令進行的農活。“解顔”，開顔，開口而笑。

雖然隱居了，卻還不忘“勸農”(陶淵明還寫過《勸農》詩），説明他並沒有完全放弃儒家“兼濟”的精神，沒有忘記自己作爲一個士人的社會職責，即努力用自己的知識和社會地位來影響周圍人群，幫助他們建立良好的生活觀念。這也是古代一些隱居不仕的高士們所追求的生活。陶淵明受到這些高士的影響，所以在隱居時十分注意與周圍農人的關係，與他們平等相處，並用自己的思想去影響他們。

平疇交遠風，良苗亦懷新

平曠的田野上，自遠處吹來陣陣微風，泛起粼粼綠浪，長勢良好的秧苗，欣欣然露出無限新的生機。“平疇”，平坦的田野。“懷新”，孕育著新的生機。

一個“交”字，傳神地寫出了風吹過廣闊田野、秧苗欣欣向榮的景象。陶淵明《停雲》詩說“有風自南，翼彼新苗”，也是描寫這種景象的佳句。“良苗亦懷新”是一種擬人寫法，寫良苗之懷新，正是寫詩人看到自己勞動成果時的喜悅。這是樂於歸耕的田園詩人纔能感受到的生命消息、纔能發現的美學形態，一經感受與發現，便成爲自然渾成的千古妙句。對這兩句詩，蘇東坡最爲欣賞：“非古之耦耕植杖者，不能道此語；非世之老農，不能識此語之妙。”

雖未量歲功，即事多所欣

雖然還未能估量出今年作物收成的好壞，眼下的情景就够令人高興了。“量”，計算。“歲功”，一年的收成。

這兩句詩質樸而真實地反映了陶淵明的一種生活觀，在他這裏，勞作本身就是一種美的生活。清人曾國藩所謂“但問耕耘，不問收穫”，也是這樣一種生活觀念，但比起“即事多所欣”的態度，多少還是有些勉強。如果人們在做各種工作時，都能抱著“即事多所欣”的態度，那就能使自己超越功利之上。

耕種有時息，行者無問津

耕種的過程中有時也休息，卻沒見有人像子路一樣來問路。這一句用的是《論語》中的故事：“長沮、桀溺耦而耕。孔子過之，使子路問津焉。”詩人自比古代隱士長沮、桀溺，說在耕作休息時沒有像孔子那樣“憂道不憂貧”的人來問路，言外之意，當今已沒有這種人了，奔走於要津的，俱是追逐利祿之徒。這淡淡的語句中飄出一聲若有若無的輕歎。它同時也透露出，對於世道的興衰，對於孔子、子路一類的人物，詩人從心底裏還存有某種希冀。“問津”，問路。

日入相與歸，壺漿勞近鄰

太陽落山了，大家一起相伴回家，再溫上一壺酒，好好地招待鄰居。這兩句令人想起相傳是堯時的歌謠《擊壤歌》：“日出而作，日入而息。鑿井而飲，耕田而食。帝力於我何有哉？”洋溢著田園生活特有的古樸真淳的情味。

長吟掩柴門，聊爲隴畝民

酒喝好了，客人也送走了，長吟著歌詩掩起柴門，我就暫且安心地做個田野間的農夫吧。一個“聊”字耐人尋味。作爲一名深受儒家思想影響的士人，雖然隱居了，但並不能全然忘情，不能完全放弃濟世弘道的理想，所以說“聊爲”。

評解

這首詩從孔子遺訓“憂道不憂貧”之不易實踐敘起，夾敘田間勞動的歡娛，聯想到古代隱士長沮、桀溺的操行，而深感憂道之人的難得。或說理，或敘事，或寫景，或抒情，看似散雜，不見首尾，其實散而有骨，理、事、景、情交融匯合，最後道出主旨：“聊爲隴畝民。”此詩語言樸素之至，初讀甚至覺得有些枯淡，但細細尋味，就會發現其中有生動的場景、活潑的思想、濃郁的情趣。蘇軾說陶詩“質而實綺，癯而實腴”，不加雕飾卻又勝於雕飾，這是一種藝術的辯證法。這中間其實經過了詩人艱苦的藝術勞動，那是一個弃絕雕飾、返樸歸真的藝術追求過程，沒有一番苦功是無法達到這種藝術創作境界的。

歸園田居（其一）

少無適俗韻，性本愛丘山。
誤落塵網中，一去三十年。
羈鳥戀舊林，池魚思故淵。
開荒南野際，守拙歸園田。
方宅十餘畝，草屋八九間。
榆柳蔭後簷，桃李羅堂前。
曖曖遠人村，依依墟里烟。
狗吠深巷中，鷄鳴桑樹巔。
户庭無塵雜，虛室有餘閑。
久在樊籠裏，復得返自然。

題解

晉安帝義熙元年(405)，時年四十一歲的陶淵明在江西彭澤做縣令，從八月至十一月，不過八十多天，便聲稱不願“爲五斗米向鄉里小兒折腰”，挂印回家。從此結束了時隱時仕、身不由己的生活，决心終老田園。這是一個重要的人生選擇，也是陶淵明思想、感情發展過程中的一個重要經歷。歸隱之初，他寫作了《歸去來兮辭》，比較清楚地交代了隱居動機，也表達了他的隱居思想。

歸園田居（其一） 詩意圖　汪國新 繪

《歸園田居》作於歸來後的次年（406）春天，詩共五首，描繪田園風光的美好與農村生活的淳樸可愛，抒發歸隱後愉悅的心情。東漢張衡有《歸田賦》，陶淵明“歸園田”“歸田”等詞可能取自《歸田賦》。這組詩是陶淵明田園詩的代表作。

【句解】

少無適俗韻，性本愛丘山

所謂“適俗韻”，即逢迎世俗、周旋應酬、鑽營取巧的本領，這是詩人從來就未曾學會的東西。作爲一個真誠率直的人，其本性與淳樸的山村、寧靜的自然，似乎有一種內在的共通之處，所以“愛丘山”。陶淵明少年時曾懷抱壯志，並不安於過田園生活，那麼爲什麼說“少無適俗韻”呢？原來他想出去做一番事業，是講究節義的，跟世俗的追求功名不同。當他發現官場虛僞、淳樸風氣已消失，做了官卻不能保守節義，於是他便要保持清操，所以回歸田園。

這兩句表露了作者清高孤傲、與世不合的性格，爲全詩定下一個基調，同時又是一個伏筆，暗示詩人雖曾進入官場，卻終於會辭官歸田。

誤落塵網中，一去三十年

人生常常不得已。作爲一個官宦人家的子弟，步入仕途乃是通常的選擇；作爲一個以“道”（真理）爲追求目標的知識分子，也必須進入社會的權力組織；即便是爲了供養家小、維持日常生活所需，也需要做官。因此，詩人不能不違逆自己的本性，奔波於官場。回頭想想，那是誤入歧途，誤入了束縛人性而又肮髒無聊的世俗之網。

“一去三十年”，一種解釋“三十年”不是實指，極言其時間之長。一種說法認爲乃是“十三年”之誤，他從太元十八年（393）二十九歲出來做官，到義熙元年（405）四十一歲歸田，正好十三年。這一句看似平實的記述，仔細體味卻有深意。詩人對田園，就像對一位情誼深厚的老朋友似地歎息道：“呵，這一別就是十三年了！”內中多少感慨，多少眷戀！但寫來仍含而不露。

羈鳥戀舊林，池魚思故淵

就像籠中的鳥兒留戀著舊日的山林，池中的游魚思念著先前的潭淵。

這兩句描寫做官時的心情，但不寫官場黑暗，衹用魚鳥作比；詩人雖人在官場，卻似魚鳥一樣“思故淵”“戀舊林”，進一步申明前面所說性愛丘山、誤落塵網的心境。質樸的詩句裏，蘊含著激動的情思。體會到這種情思，就能感到詩人用情的深摯。

以上六句對比寫了世俗的官場和田園故鄉兩種場景，前者是束縛詩人的，後者則讓他身心得到自由。經過反複地考慮，詩人終於下决心放弃前者，選擇後者。

開荒南野際，守拙歸園田

在南邊的山野開墾一片荒地，回歸這片田園，在這種生活中抱守自己的愚拙，保持住性情的淳樸。“守拙”回應“少無適俗韻”——因爲不懂鑽營取巧，不如抱守自己的愚拙，無須勉強混跡於俗世；“歸園田”回應“性本愛丘山”——既有此天性，就循此天性，讓人生自然地舒展。前面所寫的衝突，在這裏得到了解决。

方宅十餘畝，草屋八九間

歸田開荒，這對詩人來說是極艱苦的勞動。可他一點沒寫這種艱苦，卻轉而以欣悦之筆詠唱田園的風光，以及自己在田園中的生活情景。從這裏開始的十句，詩人對田園生活進行詳盡的描寫，充分地表現了其内心的喜悦；他帶著對官場、仕途的厭惡來體驗田園生活，慶幸自己作了這樣的選擇。

詩中描寫的一切極爲平常：土地、草房，榆柳、桃李，村莊、炊烟，狗吠、鷄鳴。但正是這些平平常常的事物，在詩人筆下，構成了一幅十分恬静幽美、清新喜人的圖畫。在這畫面上，田園風光呈現出清淡平素、毫無矯揉造作的天然之美，使人悠然神往，這豈不是有點兒像世外桃源的光景嗎？其實，幻想的桃源也好，歸隱的鄉村也好，都寄託著詩人的理想：合理的社會，應當是沒有殘酷競爭、沒有虚僞奸詐、沒有外加的禮儀束縛、人人自耕自食的社會。這種社會當然不可能實現。陶淵明筆下的鄉村，也有意忽略了生活中艱難、殘酷的一面。但作爲詩中的描寫，卻仍給人以美的安慰。

方圓十餘畝的宅地，八九間草屋，簡筆勾勒出詩人樸素的生活，而“十餘畝”“八九間”這種不準確的數字，也表現出了一種自由、隨意的態度。“方”，方圓、周圍。

榆柳蔭後簷，桃李羅堂前

雖無雕梁畫棟之堂皇富麗，卻有榆樹柳樹掩映於屋後，桃花李花競豔於堂前，素淡與絢麗交映成趣。詩中雖沒有寫更多的別的花草樹木，但滿園的春色已呼之欲出。

曖曖遠人村，依依墟里烟

詩人的筆由近及遠，抬眼望去，依稀可見遠處的村落，正嫋嫋升起炊烟。猶如電影鏡頭慢慢拉開，將一座充滿農家風味的茅舍融化到深遠的背景之中。“曖曖”，模糊不清的樣子，村落相隔很遠，所以顯得模糊，國畫家畫遠景時，往往也衹是淡淡地勾上幾筆水墨。“依依”，形容炊烟輕柔而緩慢地向上飄升，好像這世界不受任何力量的干擾，表現出鄉村特有的和平、寧靜和悠閑。畫面很淡很淡，韻味卻很濃很濃，令人心曠神怡，顯示了陶詩側重寫意中之景的特點。

狗吠深巷中，鷄鳴桑樹巔

狗在深巷中吠叫，鷄在桑樹上啼鳴。清靜中突然傳來幾聲鷄鳴狗吠，這幅美好的田園畫一下子就活起來、生動起來了。詩人不寫蟲吟鳥唱，卻寫極平常的鷄鳴狗吠，因爲這鷄犬之聲相聞，纔最富有農村的環境特徵。這兩句隱約透露出老子所謂“小國寡民”“鷄犬之聲相聞”的理想社會觀念，而《桃花源記》與老子這種思想關係就很密切。以詩境而言，這兩筆也是不可缺少的。它恰切地表現了農村的生活氣息，又絲毫不破壞那一片特有的和平寧靜。相比之下，南朝詩人王籍的名句“蟬噪林逾靜，鳥鳴山更幽”那種爲人稱道的所謂“以動寫靜”的筆法，就未免太刻意強調、太用力了。

戶庭無塵雜，虛室有餘閑

歸隱田園後，不僅遠離了官場，而且連一般的世俗應酬之事也沒有，在自己虛靜的居室裏生活得很是悠閑。這戶庭，這虛室，就像是他的心境，於閑寂中透著一種生活的詩意。“塵雜”，塵俗雜事。“虛室”，靜室。

久在樊籠里，復得返自然

最令人愉快的，倒不在於這悠閑，而在於從此可以按照自己的意願生活；長久被官場牢籠所束縛的生命，如今終於可以返歸於自然了。“自然”，既是指自然的環境，又是指順適本性、無所扭曲的生活。

全詩從對官場生活的強烈厭倦，寫到田園風光的美好動人，最後我們仿佛看到，詩人長長地舒了一口氣，表現出一種如釋重負後的輕鬆、愉悅心情。這是對全詩所作的一個總結，同時也是對自己選擇田園生活這整個過程所作的一個概括性很強的總結。

評解

此詩通過對田園與仕途的對比，充分表現了詩人寄身於自然、寄身於淳樸鄉村的自由歡快情緒。他讚頌優美的田園風光。尤其是“方宅”以下數句，落落如數家珍，地幾畝，屋幾間，樹幾株，花幾種，遠處村落何如，鷄在何處鳴、狗在何處吠，瑣瑣屑屑，平平淡淡，語言極爲通俗，而意境極爲高雅。詩人離開官場後轉忙爲閑，這些描寫充分表達了他愜意歡悅的心情，以及對平淡自然的田園生活的審美認識。

歷來評論陶詩的人，大都强調其自然簡淡的風格，稱其爲“田家語”。其實，詩終歸是詩，“自然”的藝術也仍然是藝術，而且藝術上的“自然”其實是一種更不易達到的藝術境界，隨意傾吐、毫不修飾，也許稱得上“自然”，但絕非“自然”的藝術。這首詩在謀篇佈局方面其實頗爲用心，逐層推進，每個細節都是精心構思、字斟句酌、反複錘煉的結果，而同時全詩血脈暢通，始終有一種真實的情感流貫於其中，並呈現爲一種完整的意境，詩因此而顯得自然生動、富有情趣。這是詩人通過藝術追求、藝術努力而達到的自然。

歸園田居（其二）

野外罕人事，窮巷寡輪鞅。
白日掩荊扉，虛室絕塵想。
時復墟曲中，披草共來往。
相見無雜言，但道桑麻長。
桑麻日已長，我土日已廣。
常恐霜霰至，零落同草莽。

題解

這是《歸園田居》組詩五首中的第二首。前一首詩側重村居生活的自然環境，這首詩則側重村居生活的人際環境。

歸園田居（其二） 詩意圖 範曾 繪

【句解】

野外罕人事，窮巷寡輪鞅

擺脫了令人煩擾的仕宦生活，回到偏僻的鄉村，這裏沒有什麼世俗的交際應酬，沒有車馬俗人的造訪喧鬧，總算又獲得了屬於自己的一方寧靜。“窮巷”，偏遠的陋巷。“輪鞅”，指車馬。“鞅”是安在拉車的馬頸上的皮套。

白日掩荆扉，虛室絕塵想

那道虛掩的柴門，那間幽靜的居室，把塵世的一切喧囂、一切俗念都統統摒弃隔絕了。以上四句，詩人用“野外”“窮巷”“荆扉”“虛室”來反複強調鄉居的清貧，暗示自己抱貧守志的高潔之心。

時復墟曲中，披草共來往

詩人有時也打開那道虛掩的柴門，沿著野草叢生的田間小路，到村落裏走走，到鄉鄰家串串門。“墟曲”，村落、鄉野；“曲”有隱蔽之意，這裏指隱僻的地方。

相見無雜言，但道桑麻長

和鄉農們見面，大家沒有什麼雜七雜八的話，衹是彼此拉拉家常，說說田裏桑麻的長勢而已。這樣的交流是簡單的，卻又是切實有味的，因爲它和人的勞動、收穫緊密地聯繫在一起。在詩人看來，與純樸的鄉農披草往來，不是他所厭惡的“人事”；彼此交談著桑麻的長勢，也不是他所厭惡的“雜言”。無論“披草共來往”，還是“但道桑麻長”，都道出了詩人與鄉鄰們淳樸友好的關係。

桑麻日已長，我土日已廣

種下的桑麻一天天長高，開墾的土地也越來越多，這令詩人心情爲之歡暢。兩個“日”字，讓讀者切實地分享到詩人與日俱增的勞動樂趣。

常恐霜霰至，零落同草莽

看著一天天長高的桑麻，詩人高興之餘，又心存憂懼，深恐秋冬霜雪的降臨，會讓那喜人的桑麻凋落如雜草一般，使自己辛勤的勞動毀於一旦。一喜一懼，表面看衹是擔心氣候變化帶給農作物的傷害，然而細細體味，又似有弦外之音。

評解

像這首詩一樣直白如話而又意味淳厚之作，在古典詩詞中很不易得。詩人選取的是鄉居生活的日常片斷，運用的是最質樸無華的言語，讓讀者彷彿身臨其境，去領略鄉村的幽靜及自己心境的恬靜。而在這一片“靜”的境界中，流淌的是古樸淳厚的情味。金人元好問曾評論陶詩說：“此翁豈作詩，直寫胸中天。”詩人在這裏所寫出的，正是一片寧靜諧美的理想天地。在陶淵明看來，田園生活最平凡、最現實，同時也是最崇高、最理想的。他田園詩的一個顯著特點，就是將這種平凡與崇高、現實與理想和諧地、緊密地結合在一起，使平凡的農家生活顯出崇高的意趣。

歸園田居（其三）

種豆南山下，草盛豆苗稀。
晨興理荒穢，帶月荷鋤歸。
道狹草木長，夕露沾我衣。
衣沾不足惜，但使願無違。

題解

這是《歸園田居》五首中的第三首，表現詩人初歸田園參加勞動的新鮮感受。應該說，陶淵明歸隱田園後的“躬耕”與普通農民的農耕勞作並不能等量齊觀，因爲躬耕並不是他維持家庭生活的主要經濟手段；也不能把他對勞動的感受與普通農民的感受等同看待，因爲他的感受中包含了相當深沉的對於人生和社會的思考，而在古代，這種感受衹可能出現在一小部分像陶淵明這樣的優秀知識分子身上。

歸園田居（其三） 詩意圖　姚有多 繪

【句解】

種豆南山下，草盛豆苗稀

種豆南山，草盛苗稀，有人說這是因爲陶淵明初歸田園，不會種田所致。其實陶淵明的田主要不是自己耕種，他衹是參與部分勞動。《歸園田居》第一首有“開荒南野際”之句，可以證明南山下的土地是新開墾的，這種新墾地不適合種其他莊稼，衹好種容易生長的豆類。這兩句就像一個老農的閑談，起得平淡，給人以親切之感。

晨興理荒穢，帶月荷鋤歸

詩人一早就下地去鋤草，一直到月亮升起，月光灑遍田野，纔扛著鋤頭，沿著田園小路回家去。多美的詩句，多美的畫面！可以看出詩人愉悅的心情。這兩句詩中有畫，寫實而極有情韻。“帶月荷鋤歸”一句尤妙，寥寥五字，便極其凝煉地表現出了一種勞動生活之美，並可見出詩人心境之寧靜、平和、充實,千古而下，猶令人留連追思不已。李白《下終南山過斛斯山人宿置酒》：“暮從碧山下，山月隨人歸。”意趣相似，同樣天趣盎然，唯厚朴蘊藉不及陶詩。

道狹草木長，夕露沾我衣

天時已晚，小徑兩旁的草木上凝結著點點露珠，因露重而低垂，本就窄小的山路變得越發狹窄，免不了要沾濕我的衣裳。這樣的描寫，使讀者有一種身臨其境的感覺。

衣沾不足惜，但使願無違

被露水打濕一點衣服，確實是沒有什麼可惋惜的。但詩人偏要癡癡地強調一句，說得很認真，很嚴肅，自歎自解，殊爲感人。是呀，衹要不違背自己的生活理想，這一切又算得了什麼呢？難怪蘇東坡讀了這首詩後不無感慨地說：“以夕露沾衣之故，而違其所願者多矣！”有好多人就是因爲害怕農村勞動的艱辛，纔走上仕途，去幹違背自己心意的事。而陶淵明爲了保持純潔的志願，寧願選擇辛苦的鄉野生活，這正顯出其高潔的品格來。

評解

這首詩宛如一篇日記，寥寥幾筆，簡潔而形象地勾畫出了詩人某天從早到晚的勞動過程和不惜夕露沾衣的微妙心理，表露了初離塵網、親自耕稼的興致。清新的感受和山村靜謐的夜景融和成白描般的畫面，真實自然中透出濃郁的詩意。

《漢書・楊惲傳》裏楊惲感歎："田彼南山，蕪穢不治。種一頃豆，落而爲萁。"借南山的蕪穢不治來諷刺漢朝的政治。歷來注家都引楊惲的話來解釋本詩中的"理荒穢"，認爲本詩也寓含對當時政治生活的某種隱喻，包含著以自耕自食的生活方式糾治整個社會的"蕪穢"之深意。其實倒不必過於牽強地去如此"索隱"。即就此詩本身的意境、哲理而言，已足够豐富。

和郭主簿

藹藹堂前林，中夏貯清陰。
凱風因時來，回飆開我襟。
息交游閑業，卧起弄書琴。
園蔬有餘滋，舊穀猶儲今。
營己良有極，過足非所欽。
舂秫作美酒，酒熟吾自斟。
弱子戲我側，學語未成音。
此事真復樂，聊用忘華簪。
遥遥望白雲，懷古一何深。

題解

“郭主簿”，名字事跡均不詳。“主簿”是州縣主管簿書的屬官。此詩作年衆說紛紜，有學者根據陶淵明《命子》《責子》二詩推算，認爲此詩是義熙四年（408）詩人四十四歲時所作，是在他辭彭澤令歸田之後。陶淵明自二十九歲起，爲解决現實的生計問題，曾幾度出仕，最後一次是四十一歲時（405）出任彭澤令，在官八十餘日即弃官歸隱潯陽。《和郭主簿》二首就是他歸家兩年後所作。這是其中的第一首，描寫夏日鄉居生活的淳樸、悠閑，表現出擺脱官場牢籠之後輕鬆自得的樂趣。

和郭主簿　詩意圖　馬泉繪

【句解】

藹藹堂前林，中夏貯清陰

堂屋前的樹木,鬱鬱蔥蔥，仿佛是那麼地體貼人心，在盛夏暑熱之中，貯滿了一樹的清涼供人享受。“貯”字用得多麼有趣！涼意本是無形無狀的，而詩人以神來之筆，著一“貯”字點化，使得這涼意似乎也有了形狀，仿佛是貯積在濃蔭中的一汪清潭，伸手可掬一般。置身於堂前林下，自然令人溽暑頓消。“藹藹”，形容樹木茂盛。“中夏”，仲夏，農曆五月。

凱風因時來，回飆開我襟

南風也似乎體貼人意，應時而來，撩開人的衣襟送來陣陣涼意。“堂前林”“凱風”“回飆”等客觀之物，都與詩人建立起親切體貼的關係，或爲之貯陰，或爲之開襟，宛如朋友一樣。“回飆”之“凱風”吹開的不僅是詩人的衣襟，也吹開了千萬讀者的心扉，這仲夏的清涼之風由此而常駐人心，借用王國維的話說，可謂“著一‘開’字而境界全出”。此處若直說“清風吹我襟”（阮籍《詠懷詩》其一），則全失風味。一個“因時來”，一個“開我襟”，道出詩人乘時而化的意趣。“凱風”，南風。“回飆”，回風。

息交游閑業，卧起弄書琴

閑居家中，既無公衙之役，又無車馬之喧，閉門謝客，讀書彈琴，起卧自由，那懶散的意態透出的是詩人心情的悠閑自在。宋代朱熹讚賞說：“晉宋人物，雖曰尚清高，然個個要官職。這邊一面清談，那邊一面招權納貨，陶淵明真個是能不要，此所以高於晉宋人物。”

一個“弄”字，本極尋常，但用在這裏，卻微妙地傳達出悠然自得、逍遥無拘的樂趣。這令人想起作者《五柳先生傳》中所描述的讀書心態：“好讀書，不求甚解；每有會意，便欣然忘食。”“游”在這裏是自娱自樂的意思。“閑業”，不急之務，即彈琴、讀書之類。

園蔬有餘滋，舊穀猶儲今

躬耕勞動，或許難免清貧，但園中種植的蔬菜還有富餘，往年的存糧也還儲放在倉中，足够一家之需。“餘滋”，無盡地滋長繁殖。

營己良有極，過足非所欽

維持一個人的生活所需其實很有限，够吃就好了，過分的富足並非自己所欽羨。“營己”，經營自己的生活。“良”，誠然、確實。“營己”不可

“過足”，“過足”並不值得羨慕。言外之意是說：追求“過足”，就會營營不止，貪得無厭。這兩句很有理趣。

春秫作美酒，酒熟吾自斟。

家釀的美酒，盡可以隨意自斟自飲，其中的滋味，又哪里是官場虛僞應酬的玉液瓊漿所能比？“秫”，黏稻，即糯穀。

弱子戲我側，學語未成音

日日與妻室兒女團聚，尤其是年幼的小兒子，不時偎倚嬉戲身邊，那呀呀學語的神態天真可愛，爲詩人寂寥的生活增添了許多樂趣。

此事真復樂，聊用忘華簪

以上幾句，每句寫一件樂事。景是樂景，事皆樂事，人間生活的幸福，仿佛都已齊備了。人生若此，復何求哉！哪里還需要去計較那些所謂的功名利祿、榮華富貴。“聊用”，暫且借此。一個“聊”字，表面上說得很輕鬆，意思卻很堅決，儼然有“時之所重，僕之所輕”的味道。“華簪”，華貴的髮簪，藉指功名富貴。

遙遙望白雲，懷古一何深

遥望著天空白雲悠悠，不禁懷想起那些隱居的高士不慕名利的高尚行跡。詩人全部的意緒，都寄託在那藍天上悠悠的白雲之間，雲去雲飛，飄灑隨意，多麼讓人嚮往！“一何”二字，似問似答，語意搖蕩，神情宛轉，煞是動人。

評解

這首詩通篇所寫均是人們習見熟知的日常生活，如敘家常，不假思索，不擇言詞，娓娓道來。這樣的詩，不是作出來的，也不是吟出來的，而是從詩人肺腑中流瀉出來的，毫無矯揉造作之跡，富含濃郁的生活氣息，讓人倍感淳真親切。全詩寫景、敘事、抒情，都緊扣一個“樂”字。這大約是陶淵明隱居生活中最快樂的時光。吟詠全詩，我們仿佛隨著詩人的筆端走進那寧靜、清幽的村莊，領略那藹藹林蔭下涼風拂面的愜意，聆聽那琅琅的書聲和悠然的琴韻，分享自斟自酌、父子嬉鬧的快樂，這些都能使我們體會到詩人那返樸歸真、陶然自得的心態。正如明人唐順之所評：“陶彭澤未嘗較音律，雕文句，但信手寫出，便是宇宙間第一等好詩。何則？其本色高也。”（《答茅鹿門知縣》）

庚戌歲九月中於西田穫早稻

人生歸有道，衣食固其端。
孰是都不營，而以求自安？
開春理常業，歲功聊可觀。
晨出肆微勤，日入負禾還。
山中饒霜露，風氣亦先寒。
田家豈不苦？弗穫辭此難。
四體誠乃疲，庶無異患干。
盥濯息簷下，斗酒散襟顔。
遥遥沮溺心，千載乃相關。
但願長如此，躬耕非所歎。

題解

庚戌即晉安帝義熙六年（410），這年陶淵明四十六歲，是他弃官歸田躬耕的第六年。“西田”，即《歸去來兮辭》中“農人告余以春及，將有事於西疇”的“西疇”。舊曆九月中收稻，應爲晚稻。題中“早稻”二字，近人丁福保《陶淵明詩箋注》說：“一本‘早’是‘旱’字。”旱稻，又稱陸稻，據宋末戴侗《六書故》植物部：“稻性宜水，亦有同類而陸種者，謂之陸稻。今謂旱稻。南方自六月至九月穫。北方地寒，十月乃穫。”“早”字應爲“旱”字，因爲字形相近而誤。這是一首體現陶淵明躬耕思想的重要詩篇。

庚戌歲九月中於西田穫早稻　詩意圖　汪國新 繪

【句解】

人生歸有道，衣食固其端

人生所歸，歸向於道。但無論歸向於什麼道，首先要吃飯穿衣，這是人生的前提。

將衣食與“道”並舉，意義非比尋常。這是陶淵明在躬耕的基礎上悟出的民生以勤爲先、以衣食爲端，方能返樸歸真的根本道理。這與《癸卯歲始春懷古田舍》中說的“先師有遺訓，憂道不憂貧。瞻望邈難逮，轉欲志長勤”，是一脈相承的。這是陶淵明的可貴之處，他的思想來自躬耕生活的實踐，而思考的結論又付諸實踐，身體力行。

孰是都不營，而以求自安

怎麼能够連衣食都不經營，就追求到生活的安定呢?

“都不營”既包括了孔儒的不親耕稼，也包括了老莊的無所作爲，這種主張力耕的自然有爲論，是詩人在長期的生産勞動實踐中摸索出來的人生真諦。自耕自食，是他理想中的社會生活方式和個人生活方式。儘管詩人未必能完全做到這一點，但他嘗試了，這就是很了不起的。“孰”，何。“是”，此，這裏指衣食。

開春理常業，歲功聊可觀

開春了，就開始去從事農耕。一年辛苦，到了秋天，收成大概總是過得去的吧。

說得似乎很平淡，體味起來，其中蘊涵著的欣慰自得之情，又是那麼真實，那麼淳厚。“常業”，日常工作，這裏指農務。“歲功”，指一年的收成；“聊”，略微。

晨出肆微勤，日入負禾還

開始收割了，一大早就出門去，也盡自己的一點微薄之力。到太陽落山時，背負著收割的稻禾欣然而歸。

這兩句化用了《擊壤歌》“日出而作，日入而息。鑿井而飲，耕田而食”的語意，同樣流露出一種欣然自得的意趣。“肆”，操勞，盡力。“微勤”是謙辭，指自己的勞作。

山中饒霜露，風氣亦先寒

山中的氣候冷得早，霜露也較多。九月中，已是霜降節氣。在風霜中，詩人感到了勞作的艱辛。“饒”，多。

田家豈不苦？弗獲辭此難

種田人的生活怎能不辛苦呢？但誰也沒辦法擺脫這一切。這兩句既表明詩人深知稼穡的艱難辛苦，也表明他的躬耕意志很堅定。

四體誠乃疲，庶無異患干

躬耕自食，誠然使得四肢疲累，但或許可以免除其他禍患的干擾。

“異患”，指人生本不應有的非常禍患。在魏晉以降的時代，戰亂頻仍，生靈塗炭，一大批名士死於非命。如孔融、何晏、嵇康、張華、潘岳、陸機、陸雲、嵇紹、嵇含、王衍等，都先後被殺。所謂異患，首先是指這種旦夕莫測的横禍。其次，爲五斗米折腰事小人，在“質性自然”的陶淵明看來，也應是一種異患。要免除這種異患，在當時或許唯有弃官歸田。詩人之所以堅决歸田，既因爲他堅信“人生歸有道，衣食固其端”，同時也因爲他深知“四體誠乃疲，庶無異患干”。這幾句沒有一點高調，質樸本色地道出了自己的生活感情。

盥濯息檐下，斗酒散襟顔

你看，從田裏歸來，洗洗手脚在屋檐下歇一歇，喝杯酒，多麼心曠神怡！

這樣的快樂，衹有在農村勞動生活過的人纔能真切地感受到、領略到。“斗酒散襟顔”，活畫出詩人勞作後心情與表情均因酒而放鬆的形象。

遥遥沮溺心，千載乃相關

把酒臨風，詩人心緒不禁遥接千載，推想古代的兩位隱士長沮、桀溺，其心意也應與自己遥遥相合。

陶淵明畢竟不是一個純粹的農民，他仍然是一位由傳統文化滋養造就的士人。他像農民那樣站在自家屋檐下把酒開懷，可是與鄉鄰明顯不同的是，他的心靈卻飛越千載，遥接古人。“沮溺”，即長沮和桀溺，春秋時代的兩位隱士，據《論語·微子》記載，“長沮、桀溺耦而耕，孔子過之，使子路問津焉”，兩人與子路進行了一番談話，同時並不停止手中的農活。沮、溺的思想主要有三點：一，批評時代黑暗；二，認爲這種黑暗世道難以改變；三，主張歸隱。陶淵明自言與這兩位隱士心志遥合。

但願長如此，躬耕非所歎

但願能長久地過這種生活，自食其力，自由自在，縱然躬耕勞苦，也無所怨尤。詩人經過深思自省後，更堅定了歸隱之志，其心境也終歸於圓融寧靜。

評解

此詩夾敘夾議，透過收穫稻穀之事，抒發躬耕情懷。陶淵明雖自幼學習六經，敬仰孔子，但他最終選擇了長沮、桀溺式的人生道路，這意味著他所追求的人生理想與孔道並不完全一致。他矛盾痛苦的心態有一個變化過程。事實上，爲了最終弃官歸田，他曾經歷了十三年的曲折反複。而從此詩看，即使在已經歸田五六年後，詩人內心也並非總是平靜單純。不過，經過躬耕勞動的體驗和深沉的省思，詩人已產生一種新思想，這就是：農耕生產乃是衣食之源，士人儘管應以“道”爲終極關懷，但是對於農業生產仍然義不容辭。尤其身處亂世，祇有弃官歸田躬耕自資，纔能保全獨立自由的人格，沮、桀之心因此而具有了現實意義。

移居（其一）

昔欲居南村，非爲卜其宅。
聞多素心人，樂與數晨夕。
懷此頗有年，今日從茲役。
弊廬何必廣，取足蔽床席。
鄰曲時時來，抗言談在昔。
奇文共欣賞，疑義相與析。

題解

陶淵明於義熙元年弃彭澤令返歸柴桑里，四年後他在柴桑上京山的舊宅遇火。義熙七年（411）遷至南里之南村（今江西九江城外），是年四十七歲。《移居》作於搬家後不久，詩共二首，均寫與南村鄰人交往過從之樂，又各有側重。第一首說新居雖然破陋，但南村多有心地純樸、志趣相投之人，因此頗以能和他們共度晨夕、談古論今爲樂。

移居（其一） 詩意圖 成秉羿 繪

【句解】

昔欲居南村，非爲卜其宅

追溯往事，以“昔”字領起。以前我就想住到南村來，爲什麼呢？那倒不是因爲南村的住宅風水好。古人移居選宅這樣的大事，事先都要卜筮測算、求問凶吉。詩人説自己的移居並非出於這方面的考慮，那又是爲何呢？

聞多素心人，樂與數晨夕

早就聽説那裏有很多心地純樸的人，多麼希望能和他們共處晨夕、談古論今。這纔是詩人移居此地的原因。

《左傳·昭公三年》：“非宅是卜，惟鄰是卜。”移居者不在乎宅地之吉凶，而在乎鄰里的善惡。不求吉宅，而求嘉鄰，陶淵明的選擇是實際的，但同時又具有濃厚的理想主義色彩。陶淵明生活在“真風告逝，大僞斯興，閭閻懈廉退之節，市朝驅易進之心”（《感士不遇賦》）的時代，他對充滿虛僞、機詐、鑽營、傾軋之風的社會現狀痛心疾首，卻又無能爲力，衹得退而追求潔身自好，歸隱田園，躬耕自給。卜居求友，不趨炎附勢，不祈福求顯，唯擇善者爲鄰，正是詩人清高情志和内在人格的表現。“素心人”，心地純樸的人。

懷此頗有年，今日從茲役

移居南村的願望很早就有了，現在終於得以實現。詩人的歡欣之情溢於言表。“茲役”，即指移居搬家這件事。

弊廬何必廣，取足蔽床席

衹要能移居到這裏來，有那麼多的好鄰居、好朋友，房子小一點又有什麼關係？能放下一張床一床席子就足够了。

“何必”二字，率直中見深曲，反射出時人普遍追名逐利的心態。而詩人淡然一筆，不求華堂廣廈，衹求鄰里共度晨夕，弊廬雖小，樂在其中。這種心靈境界，宋人胡仔《苕溪漁隱叢話後集》評陶淵明《止酒》詩時分析得很透徹：“‘坐止高蔭下，步止蓽門裏。好味止園葵，大歡止稚子。’余嘗反複味之，然後知淵明之用意……故坐止於樹蔭之下，則廣廈華堂吾何羨焉；步止於蓽門之裏，則朝市聲利吾何趨焉；好味止於啖園葵，則五鼎方丈吾何欲焉；大歡止於戲稚子，則燕歌趙舞吾何樂焉。”

在對房舍的追求上，古往今來不少有識之士都表現出了同樣睿智的精神境界。孔子打算到東方少數民族地區居住，有人對他説，那地方太簡陋了，孔子答曰："君子居之，何陋之有？"（《論語·子罕》）杜甫流寓成都，茅屋爲秋風所破，愁苦中仍然熱切呼喚："安得廣廈千萬間，大庇天下寒士俱歡顔。風雨不動安如山！嗚呼！何時眼前突兀見此屋，吾廬獨破受凍死亦足！"（《茅屋爲秋風所破歌》）劉禹錫爲陋室作銘："山不在高，有仙則名；水不在深，有龍則靈。斯是陋室，惟吾德馨。"（《陋室銘》）其鄙視官場的污濁與腐敗，追求高潔的品德與志趣，在審美氣質上都和陶淵明這首詩有相通之處。讀者在感悟詩意的同時，也許還會感到生活中的一些困惑豁然開朗，從而以更爲坦然曠達的胸懷面對萬花筒般的人生。

鄰曲時時來，抗言談在昔

以下數句具體寫得友之樂：時時和鄰居們在一起，回憶往事，無拘無束，毫無保留地交心。"時時來"，寫和諧坦誠的鄰里友誼，筆墨省净，引人遐想。"鄰曲"，鄰居。"抗言"，熱烈地交談。"在昔"，往事。

奇文共欣賞，疑義相與析

詩人在這裏所説的友人，多是讀書人。他們交談的内容，自然帶著讀書人的特點和愛好。他們一起欣賞奇文，共同分析疑難的文義，享受精神上的交流。

一個"共"字，一個"相與"，使得熱烈抗言之情態呼之欲出。《歸園田居》説："時復墟曲中，披草共來往。相見無雜言，但道桑麻長。"當時他還住在上京山，接觸的主要是農民，所以"但道桑麻長"。而今移居南村，鄰居們又多了可以"奇文共欣賞"的讀書人，有審美的快樂，也有友情的和諧，此情此境，真可謂人生佳境。這種生活他嚮往已久，所以早想搬到南村來住。至此，他的願望終得以實現。

評解

陶淵明以一種淡然的口吻，款款敘説移居情事，將平平常常的一件事，寫得格外親切有味，令人心馳神往。他所用的語言平白如口語，卻又溫和高妙；看似淺顯，然嚼之味醇，思之情真，悟之意遠。全詩給人的感受是鮮明而強烈的：詩人厭惡黑暗污濁的社會，鄙視醜惡虛僞的官場，但他並不厭弃人生。在對農村田園、親人朋友的真摯情感中，他找到了生活的快樂、生命的歸宿、心靈的慰藉。陶淵明其人其詩的魅力，首先來自對人生、對自然滿懷詩意的熱愛和把握。

移居（其二）

春秋多佳日，登高賦新詩。
過門更相呼，有酒斟酌之。
農務各自歸，閑暇輒相思。
相思則披衣，言笑無厭時。
此理將不勝，無爲忽去茲。
衣食當須紀，力耕不吾欺。

題解

這是《移居》二首中的第二首。移居之後，詩人與鄰人融洽相處。忙時勤力耕作，閑時隨意往來、言語無厭，充滿人生興味。

移居（其二） 詩意圖 王同仁 繪

【句解】

春秋多佳日，登高賦新詩

即使是在農忙時節，每遇風和日麗的春天或天高雲淡的秋日，詩人也要登高賦詩，一快胸襟。

這兩句暗承第一首結尾“奇文共欣賞，疑義相與析”而來，篇斷意連，巧妙自然。對陶淵明來說，在柴桑火災之後，新遷南村，登高賦詩，可以滌散鬱悶。更何況是在春種秋收的農忙時節，忙裏偷閑登高賦詩，其欣然自得之態可以想見。登高而賦歷來都屬於文人的風流雅興，在這裏更有不同尋常的意味。這兩句用意頗深，卻又似不經意道出，雖無一字刻畫景物，而風光之清靡高爽，足堪玩賞，詩人之神情超曠，已如在目前。

過門更相呼，有酒斟酌之

經過友人門前就呼喊他，無須顧及士大夫間拜會延請的虛禮。態度雖略顯村野，更覺往來的隨便；大呼小叫，反見出情意的真率。是詩人有酒招飲鄰人，還是鄰人有酒招飲詩人？抑或衹是彼此串門時恰遇有酒便共相斟酌？是隨意地飲著酒說著話，還是邊飲酒邊吟詩？後來杜甫也曾說：“肯與鄰翁相對飲，隔籬呼取盡餘杯。”（《客至》）無盡樂趣，均從此中得來。平直的敘述中卻有含蓄不盡之意味。

農務各自歸，閑暇輒相思

有酒輒相招飲，有事則各自歸去。閑時相思，相思復又聚首，遂形成一個回環。在這小小的南村，人和人之間的關係何等實在、真誠！

“各自歸”本來指農忙時各自在家耕作，但因與上句飲酒之事字面相連，句意相屬，給人以酒後散去、自忙農務的印象。就像這首的開頭與上一首的結尾一樣，利用句子之間若有若無的連貫，從時間的先後承續以及詩意的內在聯繫兩方面，輕巧自如地將日常生活中常見的瑣事串成一片行雲流水。

相思則披衣，言笑無厭時

這一句運用民歌中常見的頂針格，強調了聚而復散、散而復聚這一過程，使筆意由於音節的復遝而更加流暢自如。尤爲難得的是，詩人憑字面意思的回環形成往復不已的情韻，而在情韻的往復中，又自然無跡地使詩意得以深化：過門招飲，僅見其情意的真率；閑時相思，纔見其友情的深摯；披衣而起，則表明即使已經睡下，也無礙於隨時相招；相見之後，談笑起來沒完沒了，又使詩意更進一層。層層推進，將詩人與鄰人間純樸的情誼寫到極致，也將摒絕虛僞和矯飾的自然之樂傾瀉無餘。至此詩情已達到高潮，再引出下面的感歎，便極其自然了。

此理將不勝，無爲忽去茲

這樣的樂趣豈不比什麼都美嗎？就不要忽忽地離開此地了。詩人道出久居的意願，也是對上文與鄰人過從之樂的總結。

不言“此樂”而言“此理”，是因爲樂中有理，由任情適意的樂趣中悟出的生活哲理比一切都高。東晉士族優游山水之風頗盛，但其游山玩水之樂，大多不過是無所事事、自命風雅而已，他們在詩中所寄託的玄理，看似高深莫測，其實衹是空虛放浪的寄生哲學而已。陶淵明的自然觀仍以玄學爲外殼，據朱自清統計，陶詩中引用《莊子》最多，共有四十九次。但陶淵明的自然之趣是脫離虛僞污濁的塵網，將田園當作返樸歸真的樂土；他詩中所寄託的玄理，是在與淳樸勤勞的農夫交往中和親自參加農業勞動後悟出的人生真諦，其中包涵著豐富的生活情趣。

衣食當須紀，力耕不吾欺

詩人悟出的人生真諦是什麼呢？那就是：人生必須經營衣食，盡力耕作必有收穫。“紀”，經營。

點明自然之樂的根源在於勤力躬耕，這是陶淵明自然觀的核心，所謂“人生歸有道，衣食固其端。孰是都不營，而以求自安”（《庚戌歲九月中於西田穫早稻》）。詩人認爲衹有以生產勞動、自營衣食爲根本，纔能從中領悟到最高的玄理——自然之道。顯然，這種“自然有爲論”和東晉士族好逸惡勞的“自然無爲論”有本質區別。清人張玉穀《古詩賞析》評此二句：“忽跟農務，以衣食當勤力耕收住。蓋第耽相樂，本易務荒，樂何能久。以此自警，意始周匝無弊，而用筆則矯變異常。”

評解

此詩以樂發端，而以勤收尾，中間又穿插以農務。雖是以寫樂爲主，而終以勤爲根本。章法與詩意相得益彰，但見筆力矯變而不見運斧之跡。全篇羅列日常交往的散漫情事，以任情適意的自然之樂貫串一氣，言情切事，若離若合，起落無跡，斷續無端，看似平淡散緩，而實則天然渾成。作詩以理爲骨固佳，尤當善於以情化理。東晉山水詩因玄言成分多而爲後人詬病，這些剛剛脫離玄言詩的山水詩多以山水證道，理過其辭。而陶淵明則能以情化理、理入於情，不言理而自有理趣在筆墨之外，明言理而又有真情融於意象之中。這種從容自然的境界，爲後人樹立了很高的藝術標準。

雜詩（其一）

人生無根蒂，飄如陌上塵。
分散逐風轉，此已非常身。
落地爲兄弟，何必骨肉親！
得歡當作樂，斗酒聚比鄰。
盛年不重來，一日難再晨。
及時當勉勵，歲月不待人。

題解

陶淵明所作《雜詩》共十二首，此爲第一首。學者王瑤認爲前八首“辭氣一貫”，當作於同一年內。據其六“奈何五十年，忽已親此事”句意，可知作於晉安帝義熙十年（414）左右，時陶淵明約五十歲，隱居已有十年之久。

這組《雜詩》，是“遇物即言”的雜感詩。明黃文煥《陶詩析義》卷四云：“十二首中愁歎萬端，第八首專歎貧困，餘則慨歎老大，屢復不休，悲憤等於《楚辭》。”慨歎人生無常，感喟生命短暫，是這組《雜詩》的基調。

人生無根蒂
飄如陌上塵
分散逐風轉
此已非常身
落地為兄弟
何必骨肉親
得欢当作乐
斗酒聚比邻
盛年不重来
一日难再晨
及时当勉励
岁月不待人

雜詩（其一）詩意圖　李崗 繪

【句解】

人生無根蒂，飄如陌上塵

人生在世有如無根之木、無蒂之花，沒有根柢，沒有著落，那樣地輕飄，又好比大路上隨風起落的飛塵。

這個意思本自《古詩十九首》“人生寄一世，奄忽若飆塵”，感歎人世之無常。本詩連用幾個比喻，將人生比作無根之木、無蒂之花、陌上之塵，寫出詩人深刻的人生體驗，透露出至爲沉痛悲愴的情懷。

分散逐風轉，此已非常身

生命是如此的變幻莫測，人生是如此的飄忽不定，種種遭遇和變故不斷地改變著世人，如同隨風起落翻飛的塵土，每個人也都不再是最初的自我。

在這裏，我們仿佛聽到了詩人對人生渺茫而不可把握的歎息。這聲歎息裏，有理想破滅的失落，有人生如幻的絕望。詩人由仕入隱已有十個年頭，老大無成的悲憤、生命短暫的哀歎，在其心底不斷地蘊積著，故而生發出如此感歎。

落地爲兄弟，何必骨肉親

既然每個人都已不再是原來的自我，那麼每個來到這個世界上的人何妨都成爲兄弟，又何必去在乎所謂的骨肉之親、血緣之情呢？

前面四句是對命運的感歎，至此則筆意陡然振起。詩人執著地在生活中尋找著友愛，尋找著歡樂，遂有“落地爲兄弟”這樣一個昇華。珍惜生命，珍惜生而爲人的共同機緣，其語意本自《論語·顏淵》：“四海之內，皆兄弟也。君子何患乎無兄弟也？”陶淵明寫給自己孩子們的信中也說：“汝等雖不同生，當思四海皆兄弟之義。”這種樸素的古代民主思想，在陶淵明的思想中佔有重要地位。

得歡當作樂，斗酒聚比鄰

遇到歡樂的時候就及時行樂，今朝有酒就招聚鄰人一起喝。這與《古詩十九首》中的感慨似乎並無差異。然而，細味之，其境界則全然不同。“人生行樂耳”也好，“晝短苦夜長，何不秉燭游”也好，都不免頹唐消極。而陶淵明的快樂是在躬耕村居生活中尋找到的，有酒則招鄰人共飲，這在陶詩中屢屢提到，如“過門更相呼，有酒斟酌之”（《移居》）、“日入相與歸，壺漿勞近鄰”（《癸卯歲始春懷古田舍》）。這是陶淵明式的及時行樂，平和沖淡，明净淳樸，體現出了更高的精神境界。

"得歡當作樂，斗酒聚比鄰"，也可以看作是"落地爲兄弟，何必骨肉親"的極爲生動的補充。把"比鄰"視爲"兄弟"，一個能與"比鄰"分享歡樂的人，纔會進一步享受到那種不僅屬於自己，而且也屬於大家、屬於"四海"的歡樂。陶淵明孤居獨處時想到的並不僅僅是自己，他通過深思自得，進一步發現了人生的價值和生命的意義。

盛年不重來，一日難再晨

生命是這樣短暫，好年華逝去了就不會重來。對人生中偶爾還能尋得的一點點歡樂，就不要錯過，要及時抓住它，盡情享受。

及時當勉勵，歲月不待人

陶淵明提倡的及時行樂，應該放在當時特定的歷史條件下來考察。它實質上標誌著一種人性的覺醒，是人對生命、命運的把握與熱愛。"勉勵"二字說得格外得體、格外鄭重，它正視生命的意義，不消極逃避。"及時"二字飽含激勵之意，於是自然地歸結到"歲月不待人"。

評解

時間與生命，是陶淵明及許多魏晉詩人反複吟詠的一個主題。本詩從生命之始說起，生命意象由一連串比喻構成，"人生無根蒂"把生命暗喻爲無根之植物，從而生發出"飄"的意象；"飄"又引出一個明喻"飄如陌上塵"；"陌上塵"再生發出"分散逐風轉"的意象；"逐風轉"又生發了"落地爲兄弟"的意象；"落地"則暗含生命如種子的隱喻，也暗示了生命由離開胞胎開始。既然生命爲飄浮的種子、飛塵，隨風輾轉於茫茫天地之間，那麼"落地"爲人，實屬偶然。生命本非己有，何必骨肉纔算至親呢？由此再引出"四海之內皆兄弟"的看法。生命一旦開始，時間便與它產生了永恒的矛盾對立。"盛年不重來，一日難再晨"，時間在生命面前忽忽馳過，它不可逆轉，不可重復，而生命的計量單位卻由"年"（盛年）到"日"（一日）到"晨"（再晨）再到"時"（及時）……愈來愈有限、短暫。生命的偶然、無常、有限與時間行進的必然、永恒、無限，構成尖鋭的對立。保持這對立雙方平衡的力量是"得歡當作樂，斗酒聚比鄰"，"及時當勉勵，歲月不待人"。抓住有限，得歡當樂，勉勵發奮，增加生命的密度和質量，以抗衡時間對生命的劫掠和生命在時間面前的無奈。全詩樸實無華，質如璞玉，而內蘊卻極豐富，起伏跌宕，發人深省。

責子

白髮被兩鬢，肌膚不復實。
雖有五男兒，總不好紙筆。
阿舒已二八，懶惰故無匹。
阿宣行志學，而不愛文術。
雍端年十三，不識六與七。
通子垂九齡，但覓梨與栗。
天運苟如此，且進杯中物。

題解

這首詩大約是陶淵明五十歲時所作。“責子”，就是對兒子的責備。其實看詩中語氣，詩人“責子”時往往帶著戲謔口吻，態度並不嚴厲，反而是借此題目自歎自嘲的用意更多一些。

責子　詩意圖　汪國新 繪

【句解】

白髮被兩鬢，肌膚不復實

自己年已五十，白髮佈滿了雙鬢，肌膚也已鬆弛，不再堅實豐滿。

這兩句寫老相寫得很好，特別是後一句說肌膚的狀況，極少有人道出。年僅五十而如此衰老，與耕田的辛苦和生活的貧困應該是有關的。

雖有五男兒，總不好紙筆

有五男繞膝，得享天倫之樂，本來是很幸福的事。然而讓詩人失望的是，五個兒子卻沒有一個喜歡讀書寫字。

這一句是整體寫五子，下面幾句則分別描述每個兒子的情況。

阿舒已二八，懶惰故無匹

老大阿舒已年滿十六，卻懶惰得要命。

“故”，仍然。“無匹”，沒有人比得上。“匹”字的字形近於“二”“八”的組合，這裏用了一種近似文字游戲的析字修辭法。

阿宣行志學，而不愛文術

老二阿宣也快十五歲了，可就是不愛讀書寫文章。

“文術”，指讀書、寫文章之類的事。“行”，行將、快要；“志學”，十五歲。用“志學”指代年齡，典出《論語・爲政》：“子曰：吾十有五而志於學。”本句使用“志學”語意雙關，暗示阿宣到了“有志於學”的年齡卻無志於學。

雍端年十三，不識六與七

雍兒、端兒都十三歲了，卻還不識數，連六與七都數不過來。

兩兒同齡，可能爲孿生兄弟或異母所出。六與七相加等於十三，這裏又用了一種數字離合的文字游戲手法，說明詩人這種描述可能有誇張、開玩笑的成分。

通子垂九齡，但覓梨與栗

最小的通子也快九歲了，成天卻祇知道貪吃貪玩，不知其他。

“垂”與前面的“行”義同，都是將近的意思。“但覓梨與栗”一句又暗用“孔融讓梨”的典故。《後漢書・孔融傳》注引孔融家傳，謂孔融四歲時就知讓梨。阿通九歲了還祇知尋梨覓栗，可見其愚笨，顯然不可能像孔融那樣早慧早熟。

天運苟如此，且進杯中物

將兒子們一一數落了一番後，作者感到很失望。有什麼辦法呢？大概天意如此吧。既然這樣，那就姑且喝下杯中酒，聊以寬解。

陶淵明《與子儼等疏》說："余嘗感孺仲賢妻之言，敗絮自擁，何慚兒子？"漢朝的王霸（字孺仲）歸耕之後，一天，朋友的兒子來看他，少年容光煥發，舉止談吐顯得很有教養。王霸再看看自己的兒子，頭髮蓬鬆不加修飾，不懂禮節，覺得很慚愧。他的妻子對他說："你既立志不做官，靠耕田過活，那麼兒子的蓬頭不懂禮節是當然的，怎麼忘了自己的志嚮而爲兒子慚愧呢？"陶淵明爲兒子們的表現感到慚愧，或許更多的是對自己命運的自嘲吧。

評解

這首詩寫得非常幽默、詼諧，可見出陶淵明性情的另一面。表面看，他的幾個孩子似乎都很不成器，但這種描寫不能太當真。本詩的整體風格是詼諧的，孩子們的缺點顯然被詩人有意誇大、漫畫化了。他在敘說中又採用了一些有趣的修辭手法，更讓人忍俊不禁，可以想見作者下筆時那種又好氣、又好笑的心情。

對於這首詩，後人有不同的理解。杜甫似乎並沒有看出陶詩是在開玩笑，所以他在《遣興》詩中說："陶潛避俗翁，未必能達道。觀其著詩集，頗亦恨枯槁。達生豈是足，默識蓋不早。有子賢與愚，何其挂懷抱。"但黃庭堅便很清楚陶詩的幽默之處，他在《書陶淵明〈責子〉詩後》中說："觀淵明之詩，想見其人豈弟（按：'豈弟'同'愷悌'，意謂和樂安閑）慈祥，戲謔可觀也。俗人便謂淵明諸子皆不肖，而淵明愁歎見於詩，可謂癡人前不得說夢也。"此後評論者或爲杜辯，或爲黃辯，仁者見仁，智者見智，莫衷一是。今人袁行霈《陶淵明集箋注》說："淵明期望於諸子甚高，而諸子非僶俛於學，蓋事實也。然淵明並不過分責備之。失望之中，見其諧謔；諧謔之餘，又見其慈祥。一切順乎自然，有所求而不強求，求而得之固然好，不得亦無不可。淵明處世蓋如是而已。"孰是孰非，讀者自可細細品味定奪。

飲 酒（其五）

結廬在人境，而無車馬喧。
問君何能爾？心遠地自偏。
採菊東籬下，悠然見南山。
山氣日夕佳，飛鳥相與還。
此中有真意，欲辨已忘言。

題解

《飲酒》二十首是陶淵明辭官歸隱田園後寫下的一組詩。有人認爲，陶淵明寫這一組詩時距離他辭去彭澤縣令已有十年以上。不過，陶淵明的年譜存在很多問題，現在還不能確切判斷《飲酒》諸詩具體的寫作時間。但無論如何，這時候他應該已歸隱有年了。

《飲酒》組詩的開頭有一篇序文，比較明確地交代了該組詩的創作背景："余閑居寡歡，兼比夜已長，偶有名酒，無夕不飲，顧影獨盡。忽焉復醉。既醉之後，輒題數句自娱，紙墨遂多。辭無詮次，聊命故人書之，以爲歡笑

飲酒（其五）　詩意圖　劉旦宅 繪

爾。”這應該是冬季農閑而夜已漸長的時候。陶淵明寫了那麼多詩反映田園生活中的樂趣，爲什麼在“閑居”時反而“寡歡”？這應該是由於精神上的孤獨。在農忙時，勞累的工作可以使他忘掉煩惱，但到了冬季，農事稀少而夜晚漫長，詩人該如何排遣那些孤獨憂傷呢？恰好在這時候有人送給他一些好酒。他每天晚上喝酒，對著自己的影子一個人喝酒，於是很快就醉了。有的人醉得人事不知，那是一種醉法；有的人醉得瘋瘋癲癲，那也是一種醉法。而陶淵明醉了之後還能夠寫詩，這又是一種醉法。這篇小序和二十首《飲酒》詩，讓我們看到一個微醺的、飄飄然忘乎形骸的詩人形象。

魏晉詩人喜歡寫組詩，這種組詩往往比較集中地反映了作者的思想情懷，在藝術上也大都精心結撰。陶淵明繼承前人的作法，創作了《歸園田居》《飲酒》《詠貧士》《擬古》等大量組詩。如果說《歸園田居》是他剛歸田後對仕隱經歷的一種反省的話，那麼《飲酒》就是他在歸隱有年後對仕隱經歷的一次更加深刻的反省。這一次反省，是在生活極端困苦的境況下仍然決定堅持隱居，以保持自己人格的完整，因而尤爲難能可貴。

【句解】

結廬在人境，而無車馬喧

雖然把草房子蓋在塵俗世間，卻照樣能夠遠離世俗的紛擾。

古代隱居山林之人，簡單地用樹木搭一座屋廬，蓋上茅草，稱之爲“結廬”。“結廬”實指隱居。一般隱士都居住在深山無人之處，可陶淵明“結廬”在人間，卻照樣感覺不到世俗的喧囂。“而無車馬喧”有兩層意思，一層是說，在現實之中，他的門前真的沒有車馬喧嘩；另一層是說，他已經脫離了官場的競逐，跟那些人已沒有什麼往來了。

問君何能爾？心遠地自偏

請問你是如何做到結廬在人境，而沒有世俗煩擾的呢？因爲自己的心離名利場上的競逐遥遠了、淡漠了，所以哪怕住在車馬喧囂的大路旁，也一定會像身處偏地深山一樣清靜。

這幾句其實可以視爲詩人人生哲學的概括。“心遠地自偏”的實質，在於人的心靈對外物的一種過濾，對煩囂氛圍的一種阻隔，對生活環境中醜惡部分的一種鄙弃。這又是兩句驚人的妙語，是極其精彩的自問自答。王安石十分讚賞這四句詩，譽爲“奇絕不可及”，認爲“有詩人以來，無此句也”。

採菊東籬下，悠然見南山

在草廬的東籬下隨意地採擷菊花，偶一舉首，忽見南山浮現在眼前。這“悠然”屬於人，也屬於山，人閑逸而自在，山靜穆而高遠。在那一刻，心與山悠然相會，詩人自身仿佛已與南山融爲一體。

在中國文化中，菊花是有象徵傳統的。“採菊東籬下”不僅是寫採菊這樣一個行動，同樣帶著一種象徵、隱喻的含義。清人龔自珍有詩讚陶淵明：“陶潛酷似卧龍豪，萬古潯陽松菊高。”意思是說，陶淵明所寫的松、菊，就像他本人一樣品格崇高。東籬雖然悠閑，菊花雖然高雅，但詩人並沒有被東籬和菊花所拘限，而是忽然之間就跳出去了。“採菊東籬下”象徵著品格的持守，“悠然見南山”則是一種超越，一種精神上的飛躍。所謂“悠然”，有一種從容自得、不受限制的感覺。

“見南山”的“見”字，《文選》作“望”。對此蘇東坡已批評過：如果是“望”字，這詩就變得神氣索然了。爲什麼不能作“望”？“望”是有意識地注視，缺乏“悠然”的情味。而且，在陶淵明的哲學觀中，自然是自在自足的存在，人生之所以有缺損，在於人有各種外在追求。在這表現人與自然一體性的形象中，衹能用意無所屬的“見”，而不能用目有定視的“望”。

山氣日夕佳，飛鳥相與還

詩人所見的南山有何物？日暮的嵐氣若有若無，在斜暉的映照下分分秒秒都在變化著，真是極盡黄昏之美麗。而在這美麗的黄昏景色中，三三兩兩的飛鳥，相互作伴都飛回來了。

鳥回到林中，那是一種自然而然的歸宿，寧靜、充實而完美。那人呢？不期然中，心靈與自然冥會，若有所感。

此中有真意，欲辨已忘言

在這片美麗的黄昏景色之中，在這種寧靜、和諧的氛圍中，詩人忽然感悟到某種“理”，不覺沉浸在忘機的天真之中，覺得自然的真諦、人生的真諦活潑潑地呈現於眼前。他很想把這份體會弄清楚、說明白，但那實在不是語言所能够傳達的。

評解

這首詩是陶詩的代表作，充分表現了陶詩沖淡、自然、和諧的境界。詩人以最爲淡泊、幾乎接近“無我”的心境去體悟自然。正如清王士禎《古學千金譜》所說：“籬有菊則採之，採過則已，吾心無菊。忽悠然而見南山，日夕而見山氣之佳，以悅鳥性，與之往還。山花人鳥，偶然相對，一片化機，天真自具。既無名象，不落言詮，其誰辨之。”也許，我們能够在某個時刻，實際體驗這首詩所傳達的美感，進入一個純然平和的、忘卻人生所有困擾的狀態，但這種物我兩忘、人與自然完全融合的純粹境界實在是可遇而不可求，它絕不可能構成任何人（包括陶淵明本人）的全部人生。

飲 酒（其九）

清晨聞叩門，倒裳往自開。
問子爲誰歟？田父有好懷。
壺漿遠見候，疑我與時乖。
襤褸茅簷下，未足爲高栖。
一世皆尚同，願君汩其泥。
深感父老言，稟氣寡所諧。
紆轡誠可學，違己詎非迷！
且共歡此飲，吾駕不可回。

題解

這是《飲酒》組詩第九首。詩歌通過假設問答的形式，表達了詩人堅持隱居避世、不願重返仕途的決心。

飲酒（其九）詩意圖　馬泉繪

【句解】

清晨聞叩門，倒裳往自開

詩以清晨的叩門聲發端，全詩呈現出一種自然而融洽的氣氛。一大早，詩人聽見有人敲門，急忙起身，連衣服也顧不上穿好，就趕去開門。

這裏用了一個典故"倒裳"，出自《詩經·齊風·東方未明》："東方未明，顛倒衣裳。顛之倒之，自公召之。"爲什麼慌亂得衣裳都穿錯了呢？因爲上邊傳來命令，國君召我馬上去見他。陶淵明巧妙而風趣地化用此典，暗示著這不是一般的探訪，而是有人從很遠的地方帶著上邊的命令來請他出去做官。

問子爲誰歟？田父有好懷

問一聲來者是誰呀？原來是一位老農前來問候。"田父"，農夫。但這位來客真的是普普通通的農夫嗎？顯然不是，普通的農夫是不會說出下面那一番話來的。

壺漿遠見候，疑我與時乖

爲什麼他這麼早就提著酒遠道而來看我呢？原來他是擔心我與世相乖不合時宜，而特地趕來安慰、勸說。詩人以轉述的口吻道明田夫的來意。

繿縷茅簷下，未足爲高棲

以下四句便是這位遠道而來的"田父"的勸說之辭：隱居田園實在不合時宜，你穿得這樣衣衫襤褸，居住在這樣破敗的茅屋下，未免太委屈，也算不上什麼清高的隱士。"繿縷"，同"襤褸"。

一世皆尚同，願君汩其泥

你看，現在這個社會，哪個人不走做官的那條道路？你何必一定要特立獨行？最好也和大家一樣順隨世俗，不要再繼續退隱了。

"汩其泥"，語出《楚辭·漁父》："聖人不凝滯於物，而能與世推移；世人皆濁，何不淈其泥而揚其波？"意謂如果大家都是齷齪的，爲什麼你要一個人獨清？爲什麼不和大家一樣也跳到泥水裏邊去玩弄那些泥巴？陶詩藉用了這個意思。"尚同"，主張同流合污。"汩"，攪渾。

深感父老言，稟氣寡所諧

以下則是詩人的回答：我非常感謝您老人家的善意勸告，祇是我自己的稟性、氣質從來不能與世俗相諧洽。詩人說得如此謙恭委婉，又頗有外交辭令之妙。

紆轡誠可學，違己詎非迷

“紆轡”，拉住馬的繮繩使它走到另一條道上去。你要我調轉馬頭和大家一起走那另外的一條路，我也不是不能，但那並非我的意願。如果非要走那條道，就違背了自己的本性，那豈不是人生最大的迷失嗎？這個意思恰如《聖經》所說：“你賺得了全世界，可是卻賠上了你自己！”

且共歡此飲，吾駕不可回

既然遠道來看我，那就讓我們高高興興地喝酒吧。至於我的志願，卻是不可改變的！前面說得那樣謙恭溫厚，但最後表達不願與世同流合污、決心退耕歸隱的態度，又是何等堅決！“吾駕不可回”，正是詩人最後的誓言。

評解

本詩在表現形式上設爲問答，夾敘夾議。賓主之間，一問一答，飽含情感，各具個性。全篇看似舒緩散漫，卻又處處蘊含著不流於世俗的高尚精神。詩人將日常生活中的瑣細之事，如開門迎客、對酒談天，都寫入詩中，而且寫得親切自然，豐腴有味，純樸動人，這也是作品的高妙之處。

這首詩的主題思想和表現手法與《楚辭·漁父》頗爲相似。漁父勸屈原與世推移，同流合污，屈原回答說：“寧赴湘流，葬於江魚之腹中。安能以皓皓之白，而蒙世俗之塵埃乎？”田父勸陶淵明最好還是去做官，陶淵明回答說“違己詎非迷”，“吾駕不可回”。陶淵明與屈原一樣身居亂世，理想不得實現，因而寧守貧賤、絕意仕進，這是難能可貴的。他在《歸去來兮辭》中說不願做官的原因是：“質性自然，非矯厲（按：矯揉造作）所得。飢凍雖切，違己交病。”在《與子儼等疏》中又說是因爲“性剛才拙，與物多忤。自量爲己，必貽俗患”。這些都有助於我們對本詩的理解。

諸人共游周家墓柏下

今日天氣佳，清吹與鳴彈。
感彼柏下人，安得不爲歡。
清歌散新聲，綠酒開芳顔。
未知明日事，余襟良以殫。

題解

從內容看，這首詩當是陶淵明歸田後的作品。題目中的“諸人”，有的注本據《晉書·陶潛傳》載淵明歸田後，“既絕州郡覲謁，其鄉親張野，及周旋人羊松齡、龐遵等，或有酒邀之”，認爲可能即是指張、羊、龐等人。

“周家墓”，陶澍注本引《晉書·周訪傳》曰：“周、陶世婚，此所游，或即訪家墓也。”《晉書·周訪傳》曰：“初，陶侃微時，丁艱，將葬，家中忽失牛而不知所在。遇一老父，謂曰：‘前崗見一牛眠山污中。其地若葬，位極人臣矣。’又指一山云：‘此亦其次，當世出二千石。’言訖不見。侃尋牛得之，因葬其處，以所指別山與訪。訪父死，葬焉，果爲刺史，著稱甯益。自訪以下，三世爲益州四十一年，如其所言云。”淵明此詩所云周家墓，雖未必即周訪家墓，然陶澍之說不爲無據。

諸人共游周家墓柏下 詩意圖 李崗 繪

【句解】

今日天氣佳，清吹與鳴彈

在一個天氣很好的日子裏，和朋友們結伴來到周家墓地的松柏樹下，喝酒唱歌，吹起笙簫彈起琴。

在本來容易引人傷感的墓地，偏要作吹唱奏彈之樂，這不能不令人生奇。這樣的人，不是極端麻木不仁的庸夫俗子，應該就是胸懷超脫，能勘破俗諦、消除對於死亡畏懼的高人。“今日天氣佳”，直用口語，而未失詩味。

在生死問題上，秉持老莊一派思想的人大多持有這種通豁達觀的態度：莊子鼓盆而歌；劉伶使人荷鍤而隨，謂“死便埋我”；阮籍爲母親守靈期間，人們來弔唁他母親，他不予理會甚至還白眼相嚮；獨有嵇康帶著酒、攜著琴來到靈堂，酒和琴與弔唁靈堂何等矛盾，但阮籍起身迎上去熱情問候，其潛臺詞大概是這樣：與我一樣不顧禮法的朋友，你是想用美酒和音樂來送別我操勞一生的母親？陶淵明對於生死問題的了悟與超脫，也反複見諸詩中。如《連雨獨飲》：“運生會歸盡，終古謂之然。”《五月旦作和戴主簿》：“既來孰不去，人理固有終。”《神釋》：“老少同一死，賢愚無復數……縱浪大化中，不喜亦不懼。應盡便須盡，無復獨多慮。”《擬挽歌辭》：“死去何所道，託體同山阿。”《歸去來兮辭》：“聊乘化以歸盡，樂夫天命復奚疑。”這是一種自然運化觀、樸素生死觀。

感彼柏下人，安得不爲歡

想想那墓中之人，死後便長埋於此，人生如此短暫而空虛，又怎能不叫人盡情去享受？

這種縱欲享樂的思想，《列子·楊朱》曾有很典型的論述：“百年，壽之大齊。得百年者，千無一焉。設有一者，孩抱以逮昏老，幾居其半矣。夜眠之所弭，晝覺之所遺，又幾居其半矣。痛疾哀苦，亡失憂懼，又幾居其半矣。量十數年之中，逌然而自得，亡介焉之慮者，亦亡一時之中爾。”人生一世，真正幸福快樂、無憂無慮、怡然自得的時光少得可憐。面對這匆匆而逝的歲月，面對這死的歸宿，人生究竟怎樣方能獲得意義？《聖經》裏聖保羅說：“我們就吃吃喝喝吧，因爲明天就要死去。”十九世紀四十年代，德意志新黑格爾派學生也曾高喊道：“吃罷，喝罷，死後什麼也享受不到！”《列子·楊朱》也認爲唯有在有限的時光中盡情縱欲享樂，追求“厚味、美服、好色、音聲”，即感官的快樂或肉體的刺激，否則死期一至，唯有長歎懊喪不已。

清歌散新聲，綠酒開芳顔

如何“爲歡”？清亮的歌喉傳揚著新聲，漂著綠蟻的新酒讓大家開顔歡飲。清歌“開”了詩人們的歌喉，新酒“開”了人們的歡顔，心中的傷感鬱結一點點地散滌，心境變得開闊起來。

未知明日事，余襟良以殫

明天會發生什麼事都已變得不重要，重要的是，胸中鬱積的煩悶已被滌除得乾乾净净，歡快之情已完全表達出來了。“殫”，竭盡。

即便“未知明日事”，詩人依然能做到“余襟良以殫”，這纔是真正的了悟與超脱。黄文焕《陶詩析義》説：“‘未知明日事，余襟良以殫。’結得淵然。必欲知而後殫，世緣安得了時？未知已殫，以不了了之。”王夫之《古詩評選》則認爲：“‘余襟良以殫’五字爲風雅砥柱。”邱嘉穗《東山草堂陶詩箋》評：“此詩盡翻丘墓生悲舊案，末二句益見素位之樂，雖曾點胸襟，不過爾爾。”都頗中肯綮。

評解

這首詩篇幅簡短，所表達的思想内容也比較簡單，但境界甚高，富有韻味，因而博得很多人的讚賞。想一想詩中描寫的佳美天氣，想一想一群人且清吹且鳴彈且清歌且飲酒，讀者仿佛也身臨其境，感受到了那晴和的天氣，聽到了那清亮的歌聲，聞到了那醉人的酒香。同時，也就領悟到了人間生活的真正美好之處，心胸由此變得開闊。許多的煩惱，許多的盤算，仿佛都變得很無謂。“余襟良以殫”確實是人生佳境，蔣薰《陶淵明詩集》評論説：“通首言游樂，衹第三句一點周墓，何等活動簡便。若俗手，則下許多感慨語，自謂灑脱，翻成粘滯。”

詠貧士（其一）

萬族各有託，孤雲獨無依。
曖曖空中滅，何時見餘暉。
朝霞開宿霧，衆鳥相與飛。
遲遲出林翮，未夕復來歸。
量力守故轍，豈不寒與飢？
知音苟不存，已矣何所悲。

題解

陶淵明歸隱田園後，屢遭災禍，生活變得越來越困窘，“夏日長抱飢，寒夜無被眠”（《怨詩楚調示龐主簿鄧治中》）。春夏之交，青黃不接時，常常沒有飯吃，冬天寒冷的夜晚沒有被子蓋，鄰居和妻子都埋怨他。他在給兒子的一封書信中說“但恨鄰靡二仲，室無萊婦，抱茲苦心，良獨惘惘”。“二仲”是古代兩位隱居的賢人求仲和季仲；“萊婦”是老萊子的妻子，她支持老萊子隱居不仕。當一個人飢寒交迫而且孤立無援時，尤其渴望尋求一種支持的力量。陶淵明將他的精神寄託在對遥古的懷想之中，以古代那些“固窮守節”的高士、貧士爲楷模激勵自己。這是他寫《詠貧士》組詩的緣由。

詠貧士（其一） 詩意圖　汪國新 繪

《詠貧士》組詩共七首，這是其中第一首。一、二首爲七首之綱，第一首寫自己高潔孤獨，抱窮歸隱；第二首敘自己貧困蕭索之狀和不平的懷抱；以下五首分詠幾位貧士及其知音。從這個角度看，陶淵明並不孤獨，他是歸屬於這一群人的，在他們那裏找到了精神上的理解與安慰。

【句解】

萬族各有託，孤雲獨無依。曖曖空中滅，何時見餘暉

萬物都有所依靠，唯有空中那一抹孤雲，無依無傍，在黃昏暮色中，慢慢地飄向那沉沉不可知的遠方。詩人不禁感慨系之：什麼時候纔能再見到它剩下的光影？言外之意是恐怕不能再見了。“曖曖”，昏暗的樣子。這四句在與“萬族”的對比中寫出了“孤雲”的形象。

朝霞開宿霧，众鳥相與飛。遲遲出林翮，未夕復來歸

早晨的霞光撥開了隔夜的濃霧，百鳥歡唱，在霞光雲天中翻飛，結著伴兒飛出林中。而獨獨有那麼一隻鳥兒，它不貪求捕食，很晚纔從林子裏飛出去，未等天黑就又飛了回來。

這四句在與“衆鳥”的對比中，又寫出了“孤鳥”的形象。表面看，這好像是離開前四句的內容跳出去了，其實，“朝霞”“宿霧”仍是從雲的意象承襲下來的。詩歌的意脈從“萬族”到“孤雲”，從“孤雲”到“衆鳥”，又從“衆鳥”到那隻“孤鳥”，使得孤雲、孤鳥和貧士三個表面不同而品質相近的意象集中到了一起，產生一種強烈的感發力量。

雲和鳥都是陶詩中常見的形象。“雲無心以出岫，鳥倦飛而知還”（《歸去來兮辭》）、“望雲慚高鳥，臨水愧游魚”（《始作鎮軍參軍經曲阿》）、“翩翩飛鳥，息我庭柯”（《停雲》）、“暮作歸雲宅，朝爲飛鳥堂”（《擬古》），這些都與歸隱有關，都表現出一種恬淡之趣。然而這首詩中的雲、鳥形象有了很大變化，雖然孤雲、獨鳥仍喻隱者，但是“曖曖空中滅，何時見餘暉”的孤雲，在昏昧的色調中，已傳出一種來日無多的哀音；雖然仍是歸鳥，但“遲遲”二字也顯示出一種倦乏遲暮之態。《歸去來兮辭》中寫“倦飛”，那是一種解脫的快感。這裏的倦，卻頗有一種不堪重荷的真正的疲倦之意。從這兩個詩歌意象的變化，可以見出詩人不復初隱居時的歡快，心境已變得沉重悲慨。由此也可以確定，此詩爲歸隱日久、垂老貧病時所作。

量力守故轍，豈不寒與飢？知音苟不存，已矣何所悲

由孤雲、孤鳥很自然地引發對人生歷程的反思。詩人堅守的生活道路，本是經過幾次反複，最終量力而行的。他也自知，這種生活免不了飢與寒的困苦。既然這樣，舊友零落、世無知音，在貧困中終此一生，也沒有什麼可悲傷的。“何所悲”是自慰之詞，正可見出詩人的滿懷悲慨。

評解

這首詩利用品質相近的孤雲、孤鳥和貧士形象，形成章法上的連貫。葉嘉瑩認爲此詩手法與晚唐溫庭筠的一首詞《菩薩蠻》有相似之處。溫庭筠說：“小山重疊金明滅，鬢雲欲度香腮雪。”“小山”指屏風。但他不直接說“屏風”而說“小山”，因爲他取的是山與屏風共有的重疊曲折的美麗形象，並不是具體的屏風。接下來的“鬢雲”和“香腮雪”也是如此，不說“烏雲般的鬢髮”或“雪一般的香腮”，而說“鬢髮的烏雲”“香腮上的白雪”。雲、雪、山都不是室內的東西而是天地間大自然的景象，這種品質上的相近，使得幾個看起來好像沒有什麼關聯的形象在章法和精神上連貫起來，並且與現實拉開了一段審美距離，給讀者留下想象餘地。這種寫法，在形象的跳躍之中保持著感發的連貫性。

陶淵明這首詩從景象而觀，由昏至晨，是順寫；從思緒而觀，由垂老而反思中年，是回顧。二者相向而行，卻因情景相生而絲毫不見針脚之痕，遂在順和中見出宛轉情思。這正是蕭統說陶淵明“辭興婉愜”的注脚。

擬古（其七）

日暮天無雲，春風扇微和。
佳人美清夜，達曙酣且歌。
歌竟長太息，持此感人多：
皎皎雲間月，灼灼葉中華。
豈無一時好，不久當如何。

題解

《擬古》九首，是陶淵明模擬漢魏古詩寫的一組詠懷詩。《擬古》題目大概始於陸機，《文選》載其《擬古詩》十二首，其中十一首擬《古詩十九首》。《文選》還收錄劉休玄《擬古》二首，也是擬《古詩十九首》。陶淵明的《擬古》雖未標明擬的是什麼詩，但參考上述情況，擬的應該是《古詩十九首》以及類似風格的漢魏古詩。

這首詩是《擬古》九首中的第七首，擬的是古代那些表現“美人遲暮”的作品。有學者指出，其所擬的對象很可能是曹植的《雜詩》：“南國有佳人，容華若桃李。朝遊江北岸，夕宿瀟湘沚。時俗薄朱顏，誰爲發皓齒？俯仰歲將暮，榮耀難久恃。”

擬古（其七）詩意圖　李也青繪

【句解】

日暮天無雲，春風扇微和

日暮時分，天空萬里無雲，顯得何等澄澈。一陣陣春風吹送著微微的暖意，面對如此景色，怎不令人心曠神怡！而春風又似乎特別有情，殷勤地傳送著“微和”。“日暮天無雲”，即目生情，出語清新自然。而“春風扇微和”，以“扇”這個動作把春風擬人化，“微”則細緻體貼，極富情意。

佳人美清夜，達曙酣且歌

“佳人”，美人。富於青春活力的女子，面對如此清風朗月，自然激發出生命的熱情，激發出對美好人生的熱愛、對未來的憧憬，於是徹夜酣飲唱歌。如此“酣且歌”，是對春景的陶醉，也是對人生的陶醉。唐朝詩人李白《春夜宴從弟桃李園序》敘寫：“陽春召我以烟景，大塊假我以文章。會桃李之芳園，序天倫之樂事……開瓊筵以坐花，飛羽觴而醉月。”雖則活動的內容不同，其心情則是一致的。

前四句寫景抒情，寫日暮之景直至清夜，而“美清夜”又暗含日暮，清夜之景又見於下文“皎皎雲間月，灼灼葉中華”。用筆錯落互見，不同於陶淵明慣常的平敘手法，因爲這首詩是擬古詩，在章法上也須向古詩靠攏。賞者當有會於心。

歌竟長太息，持此感人多

感此清夜之美，佳人既酣且歌，以不負此良夜。歌竟忽有所悟，念天下美好景物，皆暫得一時，轉眼即逝，因而有歎。歎什麼？歎好景不長，歎青春易逝，歎芳顔清歌難以永遠得到他人的賞識……種種意緒，使人百感交集。“竟”，終、結束；“持此”，即得此、對此之意。

這種歎息，古今共有。如漢武帝《秋風辭》：“歡樂極兮哀情多，少壯幾時兮奈老何！”又如曹丕《與吳質書》：“白日既匿，繼以朗月，同乘並載，以游後園。輿輪徐動，參從無聲，清風夜起，悲笳微吟，樂往哀來，凄然傷懷。余顧而言，斯樂難常，足下之徒，誠以爲然。”都是樂極而生悲感者。

皎皎雲間月，灼灼葉中華

以下四句，有人理解爲佳人歌唱之辭，而從內容來看，理解爲佳人歌唱結束後自言自語的歎息之詞似更貼切。狀“月”而用“皎皎”，又以“雲”

來襯託；狀“華（花）”而用“灼灼”（鮮明貌），又襯以綠葉。“春宵一刻值千金，花有清香月有陰”，在如此美好的春夜裏，佳人正像明月那麼皎潔，鮮花那麼妍麗。

豈無一時好，不久當如何

人們對於美好的事物，往往會懷有患得患失之心。春夜越美，春夜在她的心中印象越好，就越能想見她的惶恐、失意和焦慮。如今雖然美好，衹是不能長久，這該怎麼辦呢？點明詩歌主題。

曹植詩說“時俗薄朱顏，誰爲發皓齒？俯仰歲將暮，榮耀難久恃”，這是作者代佳人道出心中的苦曲。陶詩卻是藉佳人之口自傳心曲，這輕輕的一聲歎息，表達了作者的深婉心曲。

評解

這是一篇寓言體作品。詩篇藉佳人的形象表達深厚的情感。高潔美好的情懷，對知音的渴望，美人擔心遲暮的哀怨，都從這一佳人形象裏表现出來。在《閑情賦》裏，陶淵明也描繪了一位絕代佳人，詩人願化身爲美人穿的衣領、束的衣帶、用的髮膏等，在想象中親近美人，在想象之中傳達出熾烈的愛情。陶賦中的想象，與屈原賦裏神奇瑰麗的想象不同，它是平實的，更使人感到親切；通過這些想象所表達的感情是熾烈的，所以更具有感人的力量。這首詩也是用精煉的語言、生動的形象來表達他深厚的感情，而這種感情其實具有普遍的人生意義。鍾嶸《詩品》評陶淵明：“世歎其質直。至如‘歡言酌春酒’、‘日暮天無雲’，風華清靡，豈直爲田家語耶！”認爲此詩不是一般的“田家語”，而別有寄託；認爲此詩並非“質直”，而是辭采清麗。清人方東樹也稱讚此詩“情景交融，盛唐人所自出”（《昭昧詹言》）。這種風格在陶詩中確不多見。

擬古（其八）

少時壯且厲，撫劍獨行游。
誰言行游近？張掖至幽州。
飢食首陽薇，渴飲易水流。
不見相知人，惟見古時丘。
路邊兩高墳，伯牙與莊周。
此士難再得，吾行欲何求！

題解

這是《擬古》組詩的第八首。此詩託言少時遠游，而追慕兩類古人：其一，伯夷、叔齊、荆軻，取其義；其二，伯牙與鍾子期、莊周與惠施，表達渴望知己之意。義士既不可見，知音亦不可得，難怪詩人深感孤獨。

擬古（其八） 詩意圖　李崗 繪

【句解】

少時壯且厲，撫劍獨行游

我少年的時候有強壯的身體和剛強的意志，曾經帶著寶劍到處行游。因爲這是一首擬古詩，所以詩中所寫，並非詩人自己的親身經歷。詩中少年時曾仗劍遠游的主人公，代表的是詩人的一種精神追求。

誰言行游近？張掖至幽州

誰說我去的地方不遠，我曾經到過張掖，也到過幽州。

張掖和幽州，一個在甘肅，一個在河北，陶淵明從來沒有去過這些地方。事實上，東晉的時候北方都已被胡人佔領，他也根本不可能去這些地方。可是在詩裏的主人公卻提著寶劍到這些地方周游過，這便有了一種嚮往之意，說明詩人確實曾有過某種相當遠大的志向。然而由於時代條件的限制，他的理想最終落空了。

飢食首陽薇，渴飲易水流

理想志意落空以後怎麼辦？餓了就吃首陽山上的薇蕨，渴了就喝易水河裏的流水。他真的到過首陽山，吃了那裏的薇蕨？或者真的到過易水，喝了那裏的清水？顯然不能這麼理解。這正是陶詩的高妙之處，他能夠把深摯的情感、對人生哲理的思考和藝術形象完美結合起來。“首陽薇”代表伯夷和叔齊，“易水流”代表的是刺客荆軻。詩人在這裏所說的，並非口腹之需的滿足，而是一種精神上的滿足。

“首陽薇”典出《史記·伯夷列傳》，伯夷、叔齊是孤竹國君的兩個兒子。父親想將王位傳給叔齊，父親死後，叔齊要讓位給伯夷。伯夷不肯接受，叔齊也不肯即位，於是雙雙逃走，想去歸附周文王。及至，文王卒，武王準備討伐商紂。伯夷、叔齊想阻止而不能。武王平定殷紂，天下歸周，而伯夷、叔齊恥之，義不食周粟，隱於首陽山，採薇而食，最後餓死。

《史記·刺客列傳》記載，燕太子丹派荆軻謀刺秦王。臨行，衆賓客皆白衣素冠，於易水旁爲他餞別。荆軻高歌：“風蕭蕭兮易水寒，壯士一去兮不復還！”陶淵明還寫有《詠荆軻》詩，稱讚荆軻雖然死了，但他不畏強敵敢於反抗的精神永存。由此我們可以看到陶淵明精神世界中“金剛怒目”的另一面。如果命運真的給他一個機會，他又何嘗不想有所作爲。

不見相知人，惟見古時丘

祇是他終究沒有等到這種機會。在亂世之中，儘管他懷抱著“飢食首陽薇，渴飲易水流”的理想，可是又有誰能够理解他，能够幫助他實現那些理想和志意呢？到處都找不到相知的朋友，祇見到古人的墳丘。

路邊兩高墳，伯牙與莊周

路旁高高的兩座墳丘，其主人分別是伯牙與莊周。

據《呂氏春秋・本味篇》記載，伯牙鼓琴，鍾子期聽之，伯牙鼓琴而志在泰山，鍾子期道：“善哉乎鼓琴！巍巍乎若泰山。”志在流水，鍾子期說：“善哉鼓琴，洋洋乎若流水。”後來，鍾子期死，伯牙摔琴絕弦，終身不復鼓琴。這是“知音”典故的出處。

莊周即莊子。莊子的朋友惠施死了，莊子經過他的墳墓，對從者講了郢人和匠石的故事。郢人鼻尖上沾了一小點石灰，匠石掄起斧子，一下子就砍去石灰，一點兒沒傷到郢人的鼻子，而郢人也站在那裏一動不動，連眼睛都不眨。郢人死了之後，匠石就無法再表演這個絕技了，因爲再也沒有人能够與他那樣配合默契。莊子說，他和惠施也是一樣，自從惠施死後，就再也沒有一個人能像惠施那樣與他針鋒相對地談話了，他從此失去了談話的對手。

原來詩人要表達的，是伯牙與鍾子期、莊周與惠施這樣的知音之不可得。

此士難再得，吾行欲何求

人生得一知己足矣。若真有一個人能够了解你，能够志同道合坦誠相對，那確實是極其難得的。然而，詩人沒有找到這樣的知音，沒有一個人可以幫助他實現理想。既然這樣的知音已不可求，自己到處行游又有什麼意義呢？所以他纔要“羈鳥戀舊林，池魚思故淵”。

評解

此詩託言仗劍遠游的少年，一路追尋，追尋一種崇高的人格，一種令人傾心的凜然之氣。同時他也在尋找能够與自己聲氣相通的知音。然而，這一切都已找不到了。詩由開篇的慷慨激昂，到最後的慨歎感傷，正是詩人一生追求的形象寫照，寫來沉鬱感人。

桃花源詩

嬴氏亂天紀，賢者避其世。
黃綺之商山，伊人亦云逝。
往跡浸復湮，來逕遂蕪廢。
相命肆農耕，日入從所憩。
桑竹垂餘蔭，菽稷隨時藝。
春蠶收長絲，秋熟靡王稅。
荒路曖交通，鷄犬互鳴吠。
俎豆猶古法，衣裳無新製。
童孺縱行歌，斑白歡游詣。
草榮識節和，木衰知風厲。
雖無紀曆誌，四時自成歲。
怡然有餘樂，於何勞智慧。
奇踪隱五百，一朝敞神界。
淳薄既異源，旋復還幽蔽。
借問游方士，焉測塵囂外。
願言躡清風，高舉尋吾契。

桃花源詩　詩意圖　苗重安 繪

題解

《桃花源詩》前面還有一篇記，即膾炙人口的《桃花源記》。這一詩一記，都影響深遠，歷代追慕懷想者甚多。早在唐代，就有王維《桃源行》、韓愈《桃源圖》、劉禹錫《桃源行》，皆在題詠之中有所評論。宋代有王安石《桃源行》、蘇軾《和桃花源詩》、汪藻《桃源行》等。元代有趙孟頫《題桃源圖》、王惲《題桃源圖後》等。文人競相推崇，使桃花源的故事日益深入人心。考察桃花源位置的、考證其故事來源的、考論其文章寓意的歷代著論，不勝枚舉。

《桃花源記並詩》，一詩一文，共同記述了一個千古奇夢。這一仙境乃漁人偶然發現，且不可再覓，所謂“一朝敞神界”“旋復還幽蔽”。與一般的仙界故事不同之處在於，桃花源裏的人並非長生不死的神仙，也沒有什麼特異之處，而祇是普通人，因避秦時亂而來此絕境，遂與世人隔絕。桃花源中人的衣著、習俗、耕作，都與外面沒有多大區别，但其淳厚古樸又遠勝世俗。詩人藉此以寄託理想，他關心的是廣大民衆的普遍幸福。

爲方便對照理解此詩，下面錄《桃花源記》全文。

晉太元中，武陵人捕魚爲業，緣溪行，忘路之遠近。忽逢桃花林，夾岸數百步，中無雜樹，芳草鮮美，落英繽紛。漁人甚異之，復前行，欲窮其林。林盡水源，便得一山。山有小口，仿佛若有光。便捨船，從口入。初極狹，纔通人，復行數十步，豁然開朗。土地平曠，屋舍儼然，有良田美池桑竹之屬。阡陌交通，鷄犬相聞。其中往來種作，男女衣著，悉如外人。黄髮垂髫，並怡然自樂。見漁人，乃大驚，問所從來，具答之。便要還家，設酒殺鷄作食。村中聞有此人，咸來問訊。自云先世避秦時亂，率妻子邑人來此絕境，不復出焉，遂與外人間隔。問今是何世，乃不知有漢，無論魏晉。此人一一爲具言所聞，皆歎惋。餘人各復延至其家，皆出酒食。停數日，辭去。此中人語云：“不足爲外人道也。”既出，得其船，便扶向路，處處誌之。及郡下，詣太守說如此。太守即遣人隨其往，尋向所誌，遂迷不復得路。南陽劉子驥，高尚士也，聞之，欣然規往。未果，尋病終。後遂無問津者。

【句解】

嬴氏亂天紀，賢者避其世

“嬴氏”，指秦始皇嬴政。自從秦始皇悖逆天道，賢者便紛紛避世隱居。《桃花源記》是從屋舍良田寫入桃花源，《詩》則從歷史根源寫入，但都說明桃花源並不是仙界。

“天紀”，天道，上天的律條。“賢者避世”語出《論語・憲問》：“子曰：賢者辟世，其次辟地，其次辟色，其次辟言。”說的是禮崩樂壞的時代，賢者以各種方式躲避。

黃綺之商山，伊人亦云逝

“黃綺”，指夏黃公、綺里季，二人與東園公、角里先生於秦末隱於商山，合稱“商山四皓”。就在那時候，桃花源居民的祖先也離開了紛亂的人世隱居起來。“伊人”，指桃花源中人。

往跡浸復湮，來逕遂蕪廢

初來桃源的足跡漸漸湮沒，那道路也漸漸地荒蕪消失。“往跡”與“來逕”在這裏互文見義。與《桃花源記》中“不復出焉，遂與外人間隔”之語相比較，這兩句詩尤具歲月綿邈、桃源渺茫之慨。

相命肆農耕，日入從所憩

此句以下正面展開桃源世界，揭示其種種文化特質。

桃源人相互勉勵努力耕種，他們日出而作，日落各歸所居休息，耕田而食。此二句暗用《擊壤歌》。“肆”，致力。

桑竹垂餘蔭，菽稷隨時藝

桑樹竹林猶自垂蔭，菽稷五穀能够及時播種。這暗示著沒有橫徵暴斂、徭役、戰亂的干擾。“五畝之宅，樹之以桑，五十者可以衣帛矣”，“不違農時，穀不可勝食也”，古人的理想，都在桃花源裏實現了。

春蠶收長絲，秋熟靡王稅

春收蠶絲，秋收糧食，沒有官府徵稅，桃花源是沒有君王、沒有壓迫、沒有剝削的社會。

荒路曖交通，鷄犬互鳴吠

荒路被草木掩蔽，與外界的交通被阻隔。至於桃源人之間，卻是常來常往，交情至爲淳厚。上文“相命肆農耕”，下文“斑白歡游詣”可證。鷄鳴犬吠，其聲互答，暗示著人與人之間的融洽友好。

俎豆猶古法，衣裳無新製

“俎豆”是古代祭祀時所用禮器，“新製”即新樣式。晉宋時上流貴族多更改衣飾樣式，以奇裝異服爲時尚。而在桃花源裏，禮制、穿著都保持古風，這意味著古老的美德得以保存。這裏說的是桃源的民俗文化特質。

童孺縱行歌，斑白歡游詣

在這裏，孩子們天真活潑地唱著歌，頭髮斑白的老人們也悠然自得地往來游玩，其樂融融。豈止是“斑白者不負戴於道路矣”，連古人所理想的“幼有所長，老有所終”，在這裏全部都實現了。從中可見出桃源道德文化的特質。

草榮識節和，木衰知風厲。雖無紀曆志，四時自成歲

一切都顯得如此自然和諧。桃源人衹是從草木的茂盛或凋謝來得知春秋季節的變化。雖說沒有歲曆的推算記載，而一年四季是清楚的。四時的變化衹通過自然的風霜雨露來推知，沒有任何人爲的智巧，這正是古人理想中“使人結繩而用之”、樸素自然的社會。“草榮”二句互文。“四時自成歲”一句，取《論語·陽貨》“四時行焉，百物生焉，天何言哉”之意。“厲”，烈；“紀曆誌”，曆書。

怡然有餘樂，於何勞智慧

簡樸的生活是快樂有餘的，哪里還用得上什麼智巧呢？智巧尚且不存在，欺詐權謀就更談不上。這是典型的老莊哲學，《老子》說“智慧出，有大僞”，《莊子·繕性》稱“人雖有知，無所用之”，認爲人的機巧、智慧帶來虛僞，而以不需要機巧、智慧的古樸生活爲理想生活。由“俎豆猶古法”說到“於何勞智慧”，表明桃源的文化乃是道德與自然兼尚，二者並行不悖。

奇蹤隱五百，一朝敞神界

從秦末至晉太元年間，約五百幾十年，“五百”是取其整數。桃源的奇跡一直隱沒了數百年，今日終於向世人顯露了它宛如仙界的面目。

淳薄既異源，旋復還幽蔽

桃源風俗淳厚，而世間風俗淺薄，道不同又何能相謀？所以桃源衹能顯露一下便又深深地隱蔽起來。“異源”二字揭示了桃源與外面的世俗社會在文化根源上的本質差異。“薄”字則是對現實社會的根本批判。“旋”，

不久。

借問游方士，焉測塵囂外

“游方士”，游於方內之士，指世俗中人。試問世人，你又如何能測知那塵世以外的世界呢？不能的。因爲這是兩個完全不同的世界。這也正是《桃花源記》所說“遂迷，不復得路”，“後遂無問津者”的隱義所在。

願言躡清風，高舉尋吾契

我多麼希望能乘著一股清風，高飛遠舉，去尋找那些和我志趣相投的人們啊。詩人自我形象在最後出現，是他真性情的自然呈露。“契”，志意相投的人。

評解

桃花源是一個美好的夢，一個美好的理想。這個夢境、理想的産生，既與陶淵明生活的那個動蕩的時代有關，也和中國古代較爲發達的農業經濟這一基本生産方式有關。更重要的是，這種理想與從《禮記》、老子開始就已存在的“小國寡民”的社會理念有關。《禮記·禮運》已提出“天下爲公”“人不獨親其親，不獨子其子，使老有所終，壯有所用，幼有所長”。陶淵明吸取了《老子》“小國寡民，雖有什佰之器而不用”等思想，而揚弃了其“民至老死不相往來”的消極成分，終於自開一種嶄新境界。桃花源理想堪稱《禮記·禮運》以降中國文化的一大瑰寶。

《桃花源記》與《桃花源詩》珠聯璧合，又相對獨立，讀來並無重複之感。《桃花源記》以漁人的視角來描述桃源，《桃花源詩》則以詩人自己的視角觀照桃源，表達了對桃源世界的認同與追求。《桃花源記》是緣起、記述，《桃花源詩》纔是本體、議論，兩者結合起來，纔是對桃花源的完整描述。這種結構顯示了藝術上的獨創性，對於後世同類文學體裁的創作，比如唐代的元白敘事詩等，具有啓發和示範作用。

讀《山海經》（其一）

孟夏草木長，繞屋樹扶疎。
衆鳥欣有託，吾亦愛吾廬。
既耕亦已種，時還讀我書。
窮巷隔深轍，頗回故人車。
歡言酌春酒，摘我園中蔬。
微雨從東來，好風與之俱。
泛覽周王傳，流觀山海圖。
俯仰終宇宙，不樂復何如。

題解

《山海經》十八卷，多述古代海內外山川異物和神話傳説。王充《論衡》和《吳越春秋》都説這書是大禹治水時命伯益記錄而成，這種説法不可信。魯迅則認爲是古代的巫書（見《中國小説史略》）。晉郭璞曾爲該書作注並題圖贊，陶淵明讀的“山海圖”，就是這種有圖贊的《山海經》。

這是陶淵明《讀〈山海經〉》組詩的第一首。《讀〈山海經〉》“凡十三首，皆記二書（按：指《山海經》和《穆天子傳》）所載事物之異。而此發端一篇，特以寫幽居自得之趣耳”（元劉履《選詩補注》）。其實，這首詩不僅表現了陶淵明的生活樂趣，還反映了他的讀書態度及詩歌創作的藝術造詣。

讀《山海經》（其一）詩意圖　徐震時繪

【句解】

孟夏草木長，繞屋樹扶疏

孟夏四月，是緊接暮春的時序。“暮春三月，江南草長，雜花生樹，群鶯亂飛”（丘遲《與陳伯之書》），到四月，樹上的雜花雖然沒有了，但樹木卻更加茂密，蔚爲綠陰。“扶疏”，樹木枝葉紛披、繁茂的樣子。詩人的山居之屋籠罩在一片樹陰之中，清幽怡人。

众鳥欣有託，吾亦愛吾廬

如此枝繁葉茂，鳥兒們自然樂於在林中築巢，由此引發了詩人“吾亦愛吾廬”的慨歎。“衆鳥欣有託”正是“吾亦愛吾廬”的深刻原因。詩人所“欣”的，不是“吾廬”如何寬大堂皇，而是如晉人張翰所說，“人生貴得適意爾”。“吾亦愛吾廬”，平平常常五個字，卻飽含著詩人對自己隱居生活的欣喜之情和與自然融爲一體的無窮妙理。詩人推己及物，纔會覺得衆鳥亦“欣”於“有託”。“衆鳥”一句既是客觀描述眼前所見，又是借此起興，還可以視爲比喻。

既耕亦已種，時還讀我書

詩人用“既”“已”“時還”等字眼巧妙地寫出如何安排耕種與讀書的關係。對田園生活來說，耕種是最重要的，所以要安排在前；身爲士人，讀書也必不可少，所以其次就要安排讀書。耕種之事既畢，便可以找出閑暇來讀書了。當然詩人不能把所有的時間都用來讀書，這從“時還”二字可以體味得之。然而正是這種偷閑讀書的方式，纔最有讀書的興味。

窮巷隔深轍，頗回故人車

關於這兩句，後世注家有兩種完全對立的理解。一種認爲這兩句是一個意思，“居於僻巷，常使故人回車而去，意謂和世人很少往來”（《魏晉南北朝文學史參考資料》注）；另一種認爲兩句各爲一意，“車大轍深，此窮巷不來貴人。然頗回（召致）故人之駕，歡然酌酒而摘蔬以侑之”（清王士禛《古學千金譜》）。聯繫下文有待客的描寫，而且又有陶淵明的知交顏延之的詩句“林間時宴開，頗回故人車”參證。可見，後一種說法比較符合陶淵明的實際生活情況。但無論持哪一種說法，都無害於讀者領會陶淵明詩中所表現出來的隱者情懷。

歡言酌春酒，摘我園中蔬

這兩句寫以時鮮待客的共樂情景，極富田園情趣。

農村仲冬時釀酒，經春始成，稱爲“春酒”。據說有一次陶淵明自己漉酒（把酒中的酒糟過濾掉），一時找不到過濾的用具，就把頭巾摘下來用，用過之後依然戴在頭上。享受自己的勞動成果，實在是一件愉快的事。初夏時節，正好開甕取飲，以春酒待客。既然待客，不可無肴，遂“摘我園中蔬”。四月也正是蔬菜旺季，從園中採摘菜蔬，何等新鮮愜意。此詩中連用好幾個“吾”和“我”字，流露出詩人的歡欣喜悅之情。

微雨從東來，好風與之俱

不但人的心情好，天氣也是如此宜人：清涼的微風自東而來，還帶著濕潤的小雨，吹面不寒，潤衣不濕，更有助友人對酌之雅興。“微”“好”二字互文，即所謂和風細雨。

寫“微雨”“好風”，很容易寫成對偶句，而陶淵明偏寫成散行，微雨是“從東來”，好風則“與之俱”。這兩句“不但興會絕佳，安頓尤好。如繫之‘吾亦愛吾廬’之下，正作兩分兩搭，局量狹小，雖佳亦不足存”（明王夫之《古詩評選》）。一般的寫法，在“吾亦愛吾廬”之下很可能就要緊接著寫“微雨”“好風”如何如何，但詩人偏偏插進了描寫人事往來的幾句，纔看似信手拈來地又接著說“吾廬”之外的風雨，似斷實連，仍然是在追求物我一體的意境。

泛覽周王傳，流觀山海圖

良辰、美景、樂事俱已寫足，詩人的筆又悠然回到“時還讀我書”的情境，說自己正讀的是《穆天子傳》和《山海經》。這也點明了詩題《讀〈山海經〉》，可謂曲終奏雅。“周王傳”，就是《穆天子傳》。“山海圖”，即附有圖贊的《山海經》。

讀書也有完全不同的用意和方式。有人讀書是出於現實的功利目的，拚命苦讀，甚至像蘇秦一樣“頭懸梁，錐刺股”。而陶淵明又是怎麼讀書的呢？他曾說自己是“好讀書，不求甚解，每有會意，便欣然忘食”（《五柳先生傳》）。所謂“不求甚解”，就是不陷入繁瑣的訓詁；所謂“會意”，就是以己意會通書中旨略，強調個人感悟，這與漢儒的章句訓詁方法迥異其趣。陶淵明又說自己“少學琴書，偶愛閑靜。開卷有得，便欣然忘食”（《與子儼等疏》）、“樂琴書以銷憂”（《歸去來兮辭》）。他讀書是“泛觀”“流覽”，不是刻苦用功地讀，而是充分享受讀書的樂趣，讀得那樣開心，以至於“欣然忘食”。而且他又有那樣一個自己經營的美妙讀書環境：夏日綠蔭下的廬室，小鳥在這裏築巢歡唱；勞動之餘，手捧一兩本喜愛的好書，時有會意，那是一種多麼美好的享受。

俯仰終宇宙，不樂復何如

《山海經》《穆天子傳》都屬神話傳說類的著作，其文藝性、可讀性很強。頃刻之間已隨書中人物出入遠古、神游世界，這樣的日子當然很快樂。這兩句是全詩的總結，所言之“樂”，又不僅限於讀書，還包括人生之樂。其中固然不乏後人所謂“布衣暖，菜根香，讀書滋味長”的安貧樂道意味，但更重要的是，詩人與自然融爲一體，從中得到慰藉和啓示，樹立了一種樂觀的人生態度。

評解

此詩乃陶詩中上乘之作。明代陳繼儒認爲它甚至比《飲酒》（其五）更自然、更完美：“予謂陶淵明詩此篇最佳。詠歌再三，可想陶然之趣。‘欲辨忘言’（《飲酒》其五）之句，稍涉巧，不必愈此。”（《陶詩彙評》引）這首詩物我情融，最能體現陶詩特有的意境。草有情、樹有情，鳥兒有情、屋室有情，雨也有情、風也有情。在這處處有情的世界裏，有田可耕，有書可讀，有酒可飲，有蔬可摘，擺脫了世俗的干擾和煩惱，詩人的感情得到了安慰，他的精神找到了寄託。在寫法上，此詩自然淡雅，也最能體現陶詩語言特色，故清代溫汝能《陶集彙評》有云：“此篇是淵明偶有所得，自然流出，所謂不見斧鑿痕也。大約詩之妙以自然爲造極。陶詩率近自然，而此首更令人不可思議，神妙極矣。”

讀《山海經》（其十）

精衛銜微木，將以填滄海。
刑天舞干戚，猛志固常在。
同物既無慮，化去不復悔。
徒設在昔心，良晨詎可待！

題解

這是《讀〈山海經〉》組詩十三首中的第十首。這首詩讚歎神話中的精衛、刑天，體現了陶詩反抗精神的一面，魯迅稱之爲“金剛怒目式”（《且介亭雜文二集·題未定草六》）。

讀《山海經》（其十）詩意圖 程助繪

【句解】

精衛銜微木，將以填滄海

小小的精衛鳥，爲報復東海將自己溺死之仇，竟日夜不停地銜起細微之木，立志要把那浩瀚的大海填平。

起筆兩句概括精衛填海的神話故事，簡練而傳神。“精衛”，傳說是炎帝的小女兒，據《山海經·北山經》記載：“發鳩之山，其上多柘木。有鳥焉，其狀如烏，文首、白喙、赤足，名曰精衛，其鳴自詨。是炎帝之少女，名曰女娃。女娃游於東海，溺而不返，故爲精衛。常銜西山之木石，以堙於東海。”“銜”字爲《山海經》原文所有，“微”字則出於詩人的想象，兩字皆傳神之筆，“微木”與“滄海”對舉，形成強烈對照，兩者力量對比越是懸殊，精衛復仇越艱難、不易，越是能突出精衛決心之大、意志之頑強。詩人被深深感動了：這種看起來不可能做到的事情，代表的不正是人類不可被征服的信念嗎？

刑天舞干戚，猛志固常在

刑天爲報斷頭之仇，揮舞著斧盾，誓與天帝血戰到底。其勇猛凌厲之志，始終存在而不可磨滅。

這兩句概括刑天的神話故事。《山海經·海外西經》：“刑天與帝至此爭神，帝斷其首，葬之常羊之山。乃以乳爲目，以臍爲口，操干戚以舞。”刑天得罪了天帝，被天帝斬首，但它不肯死去，以胸乳爲眼睛，以肚臍爲嘴，兩手舞著盾和斧，繼續和天帝鬥爭。“干”，盾；“戚”，斧。“刑天舞干戚”，一些版本作“形夭無千歲”，有人認爲這是因字形相近而五字皆訛誤；也有人認爲，《山海經》中的“刑天”應作“形夭”，這句應該是“形夭無干戚”或“形夭舞干戚”。

一般人讀《山海經》，也許衹看到那些奇禽異獸，覺得好玩。而陶淵明看到的則是精衛、刑天這些堅守自己的意願、死不罷休的形象。“猛志固常在”既是說刑天，也是說精衛，是對他們不屈精神的高度概括。

同物既無慮，化去不復悔

精衛、刑天生時既無所懼，死後亦無所悔，生死如一。

這是對“猛志固常在”的引申發揮。“同物”，同爲有生命之物，指精衛、刑天的原形。“化去”，物化，指精衛、刑天死而化爲異物。

徒設在昔心，良晨詎可待

祇是精衛、刑天徒存昔日之猛志，而復仇雪恨的時機終究還是未能等到。

至此結句，詩情由萬丈豪情轉入深沉悲慨，令人且思且歎。猛志常在，固然使人感佩；而良機難待，更使人悲惜。這便有了一種深刻的悲劇精神。其實,即使在《山海經》的神話世界裏，精衛、刑天的復仇行爲也沒有結果，壯志未遂。但是，其反抗精神絕不是沒有價值的。詩人將此精神進一步悲劇化，使之倍加深沉、悲壯，這就使此詩閃耀著深切的悲劇之美的光輝。

評解

關於這首詩的意義,曾引發魯迅與朱光潛的論爭。朱光潛傾心於陶淵明的超功利境界："屈原阮籍李白杜甫都不免有些像金剛怒目，憤憤不平的樣子，陶潛渾身是'靜穆'，所以他偉大。"（《說"曲終人不見，江上數峰青"——答夏丏尊先生》）在他看來，"靜穆"之所以偉大，正在於它是超越了"金剛怒目式"的社會主體性而表現出的境界，是當個體與現實保持一定距離時，所呈現出的一種獨特的詩意氣質。德國藝術史家溫克爾曼《論古代藝術》曾說："希臘傑作有一種普遍和主要的特點，這便是高貴的單純和靜穆的偉大。"溫克爾曼的說法，或許是朱光潛說法的理論淵源。陶淵明其人其詩的"靜穆"境界，無疑契合了朱光潛的超功利審美理念。

朱光潛的說法遭到魯迅批評："除論客所佩服的'悠然見南山'之外，也還有'精衛銜微木，將以填滄海。刑天舞干戚，猛志固常在'之類的'金剛怒目'式，在證明著他並非整天整夜的飄飄然。""歷來的偉大的作者，是沒有一個'渾身是靜穆'的。陶潛正因爲並非'渾身是靜穆'，所以他偉大。"（《題未定草》）魯迅這種說法對當代人理解陶詩產生了很大影響。此後，精衛、刑天幾乎就成了復仇精神的象徵。然而細讀全詩，陶詩的重心似乎並不在於頌揚復仇精神，而在於對他們那種不屈卻又無望的抗爭精神的同情和悲憫。全詩最終還是表現爲一種順應自然的思想。

詠荊軻

燕丹善養士，志在報強嬴。
招集百夫良，歲暮得荊卿。
君子死知己，提劍出燕京。
素驥鳴廣陌，慷慨送我行。
雄髮指危冠，猛氣衝長纓。
飲餞易水上，四座列群英。
漸離擊悲筑，宋意唱高聲。
蕭蕭哀風逝，澹澹寒波生。
商音更流涕，羽奏壯士驚。
心知去不歸，且有後世名。
登車何時顧，飛蓋入秦庭。
凌厲越萬里，逶迤過千城。
圖窮事自至，豪主正怔營。
惜哉劍術疎，奇功遂不成。
其人雖已沒，千載有餘情。

詠荊軻　詩意圖　馬援　繪

題解

荆軻，戰國末刺客，自齊入燕，燕人稱之荆卿。好擊劍，與市中狗屠及善擊筑者高漸離交好。燕太子丹曾召見他，待以上賓之禮。後來荆軻答應太子丹要求，决計赴秦劫持秦王。臨行，衆賓客皆白衣素冠，於易水旁爲他餞别。荆軻至秦，事敗被殺。詳見《戰國策・燕策》《史記・刺客列傳》等。姑且不論作爲一個歷史人物的荆軻應當如何評價，作爲一個藝術形象，荆軻無疑是感人至深的。

三國王粲、阮瑀，晉左思等人都寫過詠荆軻的《詠史》詩。在以荆軻爲對象的詠史詩中，陶淵明這首是比較出色的。它取材於上述史料，但並不是完整復述荆軻的一生及刺秦經過，而是在把握荆軻那種不畏强暴、視死如歸的精神的基礎上，將重點放在易水送别這一最具悲壯感的場面上（這也是《史記》荆軻傳記中最精彩之處）。

【句解】

燕丹善養士，志在報强嬴。招集百夫良，歲暮得荆卿

開首四句從燕太子丹養士報秦引出荆軻，概括了荆軻入燕，太子丹謀於太傅鞠武、鞠武舉薦田光、田光舉薦荆軻，太子丹結識荆軻、奉爲“上卿”等經過。而且此詩一開始便將荆軻置於燕、秦尖鋭矛盾的風口浪尖之上，因爲這個人物是最出衆、最雄猛的勇士，於是他自然成了處於弱勢的燕國希望之所在。故事的背景、人物肩負的重任，都已點明，而矛盾的發展、人物的命運等懸念，也同時緊緊抓住了讀者的心。“報”，報復、報仇。“百夫良”，超越百人的勇士。

君子死知己，提劍出燕京

荆軻出燕，史書中記其臨行前，等待與其同行的助手，而“太子遲之，疑其改悔”，於是荆軻怒叱太子，而且一怒之下，帶著並不中用的秦舞陽同行，爲後來的行事埋下隱患。詩中略去這一情節，而直接寫荆軻爲報太子丹知遇之恩而慨然出行。這樣描寫，一方面與上文“善養士”相呼應，使得內容和諧統一，一氣貫注，另一方面也使得詩句筆墨集中，結構渾成。一“死”一“出”，何其簡練，而“士爲知己者死”的一腔豪氣也噴之欲出。

素驥鳴廣陌，慷慨送我行

“素驥”，白馬；“廣陌”，大道。《史記》寫易水餞別：“遂發，太子及賓客知其事者，皆白衣冠以送之……”白衣冠是喪服。在詩人筆下，連馬也是一身素白，並且白馬似乎也通人情，在大道邊聲聲嘶叫，爲荆軻送行。馬猶如此，送行的人就自不待言了。詩的情調一下子激昂起來，其慷慨悲涼之情催人淚下。

雄髮指危冠，猛氣衝長纓

頭髮直豎，指向高高的帽子，即所謂“怒髮衝冠”；雄猛之氣，直衝長飄的冠帶。“危冠”，高冠。雖是誇張筆法，卻因其情真意足而顯得貼切自然。正是在這種氣氛中，醞釀、展開了易水餞別這激昂悲壯的一幕。

飲餞易水上，四座列群英

以下十句對易水餞別這一場景集中刻畫。燕國豪傑都列坐在餞席之上，英雄齊聚，可見荆軻其人和此次行動在人們心目中的地位。

漸離擊悲筑，宋意唱高聲

荆軻的好友高漸離擊筑奏樂，那筑聲是悲涼的，寄託了依依惜别的感情。太子丹的門客、燕國勇士宋意也慷慨高歌，高昂的歌聲鼓舞了英雄的壯懷。千般萬種情意，都隨這樂聲、歌聲飄悠回蕩在易水河的上空。

“筑”，古代擊絃樂器，形似箏，頸細而肩圓；演奏時以左手握持，右手以竹尺擊絃發音。

蕭蕭哀風逝，澹澹寒波生

蕭蕭秋風，帶著悲哀和寒意一陣陣從易水上吹過，河水泛起寒波，大自然仿佛也呈現出一派悲涼情調。這已經是秋天時節，“悲哉，秋之爲氣也，草木兮摇落而變衰”，情景相生，更添人黯然銷魂的别愁離恨。“蕭蕭”，風聲。“澹澹”，水波涌起的樣子。“寒波”，秋冬季節的水波。

商音更流涕，羽奏壯士驚

高漸離的筑聲時起時伏，低沉時，如泣如訴，使人感動得流淚；高昂激揚時，甚至震動了壯士的胸懷，令人心驚。寒風哀水，擊筑高歌，聲色俱現。送者、行者無不熱血沸騰，慷慨流涕，有力地烘託出荆軻深沉而豪邁的感情。“商”“羽”均爲古樂五音之一，商聲淒涼，羽音激昂。

《水經注》中的一段記載可與詩中所寫相對照：“荆軻歌，高漸離擊筑，宋意和之，爲壯聲，士髮皆衝冠；爲哀聲，士皆垂涕泣。又前而歌曰：‘風蕭蕭兮易水寒，壯士一去兮不復還。’復爲羽聲慷慨，士皆瞋目，髮盡上指冠。於是荆軻就車而去，終已不顧。”

心知去不歸，且有後世名

又一筆折到行者荆軻。他心中知道這一去不可能再回來，就權且得到一份傳揚後世的聲名吧。這道出了行者的决心，寫出了他的氣概。

登車何時顧，飛蓋入秦庭

還等什麼呢？登車而去，義無反顧，飛車入秦。上述的决死之心與一往無前的氣概，這裏再從行動上加以具體表現。一個“飛”字，形象地刻畫出荆軻從容赴難的神情和風貌。“蓋”，車蓋，代指車。

凌厲越萬里，逶迤過千城

“凌厲”，奮起直前的樣子。“逶迤”，曲折前進。這二句互文見義。在詩人的筆下，荆軻入秦的行踪好似一連串快速閃過的鏡頭，使人物迅速逼近秦庭，也把情節推向高潮，扣人心弦。

圖窮事自至，豪主正怔營

詩中以大量筆墨寫出燕入秦，鋪敘得淋漓盡致，而寫到行刺失敗，則惜墨如金，祇此二句。前一句洗練地交代了荆軻在所獻地圖中藏匕首以行刺秦王的計謀，同時也宣告了高潮的到來；後一句祇寫秦王慌張驚恐的神態，側面烘託荆軻之果敢威猛。而對荆軻被秦王左右擊殺等情景，詩中則隻字不提。其傾向之鮮明、愛憎之強烈，都在不言之中。“豪主”，指秦王；“怔營”，惶恐不安的樣子。

惜哉劍術疎，奇功遂不成。其人雖已沒，千載有餘情

可惜啊，荆軻的劍術粗疎不精，使得奇功不能建立。然而，其人雖逝，千載之下卻仍然能感到他的無盡豪情。

這四句直接抒情評述，在惋惜與讚歎之中，爲這個勇於犧牲、不畏強暴的形象增添了不滅的光輝。正如清人張玉穀所說：“既惜之，復慕之，結得摶捖有力，遂使通首皆振得起。”（《古詩賞析》）

評解

本詩重點表現易水送別，施以濃墨重彩，精心描繪。駿馬的嘶鳴、怒髮的衝冠、築聲的悲壯、歌聲的昂揚，以及易水的風聲、波浪，送別時的淚水……

都被用來烘託英雄的悲壯性格。

詩人集中筆墨突出易水送別的場面，因爲這一場面能集中表現荆軻的英雄本色，也是塑造他悲壯性格的關鍵。刺秦失敗是客觀史實，而易水送別卻是在失敗與成功尚未分曉之時。荆軻雖然“心知去不歸”，意識到失敗的可能，但爲了完成反抗暴秦的不平凡的事業，依然勇往直前，義無返顧。詩人歌頌荆軻，正如《史記》作者司馬遷一樣，關注的並不是其成功或失敗，而是從肯定這種敢於深入險地反抗強暴、置個人生死於度外的英雄精神出發的。詩中充分運用聲音、色彩、景物等多種元素來營造悲壯氣氛，烘託人物性格。

有一些人認爲，此詩是劉裕篡晉後陶淵明思欲報仇之作。這種說法不無牽強。讀這樣的作品，與其去猜這樣那樣的啞謎，不如就從文本出發，欣賞它所表現出的氣度、筆力。陶詩的風格一向被認爲是平淡的，但這首詩則表現出了一種豪放之氣。宋人朱熹說：“淵明詩，人皆說平淡，余看他自豪放，但豪放得來不覺耳。其露出本相者，是《詠荆軻》一篇。平淡底人如何說得這樣語言出來。”（《朱子語類》）他的看法是很有道理的。陶淵明在《讀〈山海經〉》詩中歌頌精衛、刑天、夸父等人的“宏志”，並且疾呼：“明明上天鑒，爲惡不可履。”其間奔流著汪洋浩蕩的一腔豪氣。清人龔自珍對陶淵明金剛怒目的一面有深切的體會，曾寫詩慨歎：“陶潛詩喜說荆軻，想見《停雲》發浩歌。吟到恩仇心事涌，江湖俠骨恐無多。”（《己亥雜詩・舟中讀陶詩》）

乞食

飢來驅我去，不知竟何之。
行行至斯里，叩門拙言辭。
主人解余意，遺贈豈虛來？
談諧終日夕，觴至輒傾杯。
情欣新知歡，言詠遂賦詩。
感子漂母惠，愧我非韓才。
銜戢知何謝，冥報以相貽。

題解

陶淵明《有會而作》序："舊穀既沒，新穀未登。頗爲老農，而值年災。日月尚悠，爲患未已。"此詩與《有會而作》當爲同年所作，時間是宋文帝元嘉三年（426），即詩人去世的前一年。據《南史·宋本紀》，元嘉三年秋"旱且蝗"，造成飢荒。詩人暮年飽受貧病折磨，向人乞貸，該人不但滿足他的要求，且殷勤留飲，歡談終日，詩人感激而寫下此詩。

乞食　詩意圖　汪國新 繪

【句解】

飢來驅我去，不知竟何之

起二句描摹詩人因爲飢餓所迫出門乞食的情狀，其痛苦情形和茫然心態躍然紙上，令人心酸凄楚。一“來”一“去”，妙合無垠；而“驅”字則寫盡其迫不得已之狀。餓得神情恍惚的詩人，自己也不知道該向何處去纔是。一個“竟”字，透露出反覆思忖的心態，既見得當時農村普遍凋敝，告貸幾乎無門；亦見得詩人對於所求之人，終究有所選擇。

陶淵明歸耕之後備嘗生活的艱辛，常有忍凍挨餓之虞，晚年尤甚，《有會而作》云：“弱年逢家乏，老至更長飢。”然而，他是固窮之士，並不因此而轉移志向。據蕭統《陶淵明傳》載，江州刺史檀道濟“饋以粱肉，（淵明）麾而去之”，那也是這一年（426）的事情。貧病轉劇而猶能如此，更可見詩人固窮守節之心。也因此，即便是乞食，他仍然有所選擇，終究是有所爲而有所不爲的。

行行至斯里，叩門拙言辭

走啊走，不知不覺走到了這個村莊。雖然有點“不知竟何之”的茫然，但下意識裏，詩人終究還是有目標的。這一家的主人，當然是陶淵明認爲可以提出借貸要求的人。儘管如此，敲開門後，他還是口訥言拙，不知該說些什麼。對於詩人這樣一個持身高潔的士人來說，乞食畢竟還是羞於啓齒的事情。沒有真實的生活體驗，這種情形很難想象得來。“里”，古代五家爲鄰，五鄰爲里。

主人解余意，遺贈豈虛來

還好主人一看我那面有飢色的樣子，很快就明白了我的來意，立即拿出糧食相贈，使我不虛此行。詩人這一番自述，表現出選對了乞貸對象的欣慰之意，詩情也由痛苦茫然一變而爲欣喜感激。

談諧終日夕，觴至輒傾杯

主人不僅急人之急，而且善解人意。他殷勤地挽留詩人坐下相談，賓主越談越相投，不覺已是黃昏，主人表示何不留下來一起吃飯呢？酒菜擺出，談興正濃的詩人已經無拘無束，性本愛酒的他端起酒杯便開懷暢飲。詩中洋溢著人情的淳樸、溫暖，雖然是乞食，仍讓人感覺到人性的美好。比起杜甫“朝扣富兒門，暮隨肥馬塵。殘杯與冷炙，到處潛悲辛”的生活，陶淵明也許還是幸運的。“談諧”，談話融洽歡快。“觴”，酒杯。

情欣新知歡，言詠遂賦詩

詩人爲結識這樣的新交而真心歡喜，情之所至，於是賦詩相贈。本爲乞食而來，最終卻留飲賦詩而去，何其高雅；這位主人無須詩人出言而已知其來意，非但“遺贈”，且又“談諧終日”，何等體貼。兩人雖是新交，但詩人肯定也心知其人亦是一雅士，所以纔會“行行至斯里”，留下這一段佳話。

感子漂母惠，愧我非韓才

詩人最後正面表達感激之情。這兩句用《史記・淮陰侯列傳》的典故，韓信沒有發跡時很窮，餓得受不了，到河邊釣魚，有一位漂母（洗衣物的老婦）憐憫他，給他飯吃，韓信對漂母說：“吾必有以重報母。”後來他被封爲楚王，“召所從食漂母，賜千金”。詩人借用這一典故，對主人表示：感謝您深似漂母的恩惠，慚愧的是我沒有韓信那樣的才能，難以報答您。

銜戢知何謝，冥報以相貽

“銜戢”，深藏於心。“冥報”，死後報答。您的恩惠我永遠珍藏於心，今生不知如何纔能答謝，也許衹有等來世纔能報答您了。以“冥報”相許，足見主人之仁心厚意使詩人深受感動。

評解

此詩借乞食這樣很難措辭的獨特行爲，寫出了淳樸的鄉間倫理。詩篇語言樸實無華，卻蘊含著人性的光輝。急人之急，施恩不圖回報；受人滴水之恩，當以涌泉相報。詩中反映的這兩種高尚人格，是中華民族的傳統美德。此詩的啓示意義，已超越了乞食之事。

擬挽歌辭（其三）

荒草何茫茫，白楊亦蕭蕭。
嚴霜九月中，送我出遠郊。
四面無人居，高墳正嶕嶢。
馬爲仰天鳴，風爲自蕭條。
幽室一已閉，千年不復朝。
千年不復朝，賢達無奈何！
向來相送人，各自還其家。
親戚或餘悲，他人亦已歌。
死去何所道，託體同山阿。

題解

《擬挽歌辭》共三首，這是其中的第三首。《文選》衹收錄此首，題《挽歌詩》。“挽歌”是古代用於喪葬的歌。此首通篇寫送殯下葬的過程。

陶淵明究竟衹活了五十幾歲（梁啓超、古直兩家之說），還是活到了六十三歲（《宋書》本傳及顏延之《陶徵士誄》等的說法），至今學界尚爭論不休。因此，這組詩是否係陶淵明臨終前絕筆，也就有了分歧意見。近人

擬挽歌辭（其三） 詩意圖　汪國新 繪

逯欽立《陶淵明事迹詩文繫年》持非臨終絕筆說，認爲陶活了六十三歲，而在五十一歲時大病幾乎死去，《擬挽歌辭》就是這時寫的。此說影響較大。

魏晉文人有自挽習氣，就是替自己寫挽歌，並且不一定要到臨終時寫。元代李公煥引趙泉山之語："晉桓伊善挽歌，庾晞亦喜爲挽歌，每自摇大鈴爲唱，使左右齊和。袁山松遇出游，則好令左右作挽歌。類皆一時名流達士，習尚如此。非如今之人，例以爲悼亡之語而惡言之也。"（《箋注陶淵明集》）袁山松事也見於《世說新語・任誕》："張湛好於齋前種松柏。時袁山松出游，每好令左右作挽歌。時人謂'張屋下陳屍，袁道上行殯'。"陶淵明爲自己寫挽歌辭，既是這種名士行逕的流風遺響，也是出於他對生死問題的嚴肅考慮。

【句解】

荒草何茫茫，白楊亦蕭蕭

《擬挽歌辭》三首前後銜接，用的是不明顯的頂針續麻手法。第二首臨結尾說："昔在高堂寢，今宿荒草鄉。荒草無人眠，極視正茫茫。"此篇即從"荒草"寫起。茫茫荒草，蕭蕭白楊，點出墓地的背景，烘託出下文所寫凄慘氣氛。

嚴霜九月中，送我出遠郊

"嚴霜"，寒霜。此句點明季節，並寫送葬情狀。

四面無人居，高墳正嶕嶢

"嶕嶢",高聳的樣子。在那荒郊野外，四處都沒有人居住，衹有一座座墳墓高高聳立。這兩句寫墓地實況，說明自己死後，也衹能與鬼爲鄰了。

馬爲仰天鳴，風爲自蕭條

這悲凄景象仿佛使馬匹都受到感染，它們仰天悲鳴不已。秋風更是吹得蕭蕭索索。一句寫"馬"，一句寫"風"，把送葬沿途景物都描繪出來，雖僅點到爲止，卻歷歷如畫。

幽室一已閉，千年不復朝

詩人完全沉浸在自己營造的悲哀氛圍之中，不禁浮想聯翩。墓室一閉，人鬼殊途，從此再也不會有陽光燦爛的早晨了。這與第二首結尾兩句"一朝出門去，歸來良未央"相呼應。

千年不復朝，賢達無奈何

以上還祇是寫殯葬時的種種現象。作者接著把“千年”句重復一次，點出“賢達無奈何”這一層意思，把他所關注的生死觀正面表達出來。不論怎樣曠達的賢士達人，對有生必有死的自然規律也無能爲力。但他這樣說，並非抱著消極的想法，而是因爲他勘得破、看得透這一終極問題。

嚮來相送人，各自還其家

“嚮來”，剛纔。剛纔來送殯的人，一俟棺入墓穴，幽室永閉，便自然而然紛紛散去，各自回家。這與第二首結尾寫死者永不能回家（“歸來良未央”）又遥相對照。

親戚或餘悲，他人亦已歌

家人親眷，因爲與自己的關係比較親密，想到死者可能還會有點兒難過；而那些關係並不直接、並不親密的人，則很快把死者忘掉，該幹什麼就幹什麼去了。這兩句是識透人生真諦後的感慨。《論語・述而》：“子於是日哭，則不歌。”孔子某一天如果參加了別人的喪禮，爲悼念死者哭泣過，那麼他這一天都不會再唱歌。孔子這樣做，是一個有教養的人訴諸理性的表現。如果是一般的人，爲人送葬不過是禮節性的周旋應酬，從感情上說，本沒有什麼悲傷，祇要葬禮一完，自然可以唱歌或做其他事情。陶淵明對這種人情世俗已看透、想通，於是反用《論語》之意，直截了當地把一般人的想法和表現都如實寫了出來，捅破了這層窗紙。這纔是作者思想上真正達觀而毫無矯飾的地方。陶之可貴處正在於此。

死去何所道，託體同山阿

人死之後還有什麼可說的呢？不過是將自己的屍體託付給大自然，同山丘的泥土一樣，慢慢地化作塵埃。在佛教輪回觀念大爲流行的晉宋之交，陶淵明這樣樸素達觀的人生觀確實難能可貴。他是真正能勘破生死關者，一再宣稱“聊乘化以歸盡，樂夫天命復奚疑”（《歸去來兮辭》）、“縱浪大化中，不喜亦不懼。應盡便須盡，無復獨多慮”（《形影神・神釋》），該死的時候就任其死去好了，何必再多所顧慮。詩人將無限的感傷歸結爲一種唯物、達觀的態度。當然誰也不知道，他是否真的能從這沉重的生死問題中解脱出來。

評解

《擬挽歌辭》三首全是設想之辭，或設想自己死後的情況與心情，或以第三者眼光觀察死後的自己以及周圍的人事，而自身這一主體反而客觀化，構思巧妙之極。此首寫送殯與埋葬，著重想象自己被埋葬後獨宿荒郊之寂寞。詩後六句觀察人情世態透徹，筆墨冷峻、率直、深刻。藝術上的創新又以思想上的洞明透徹爲基礎，遂出現這樣新奇而又真實、既現實又浪漫的作品來。